La sposa del centauro

ANIME GEMELLE MOSTROUSE
LIBRO QUATTRO

TAMSIN LEY

Twin Leaf Press

Tutti i personaggi di questo libro, che siano alieni, umani o di qualsiasi altra natura, sono un prodotto dell'immaginazione dell'autore. Qualsiasi somiglianza con persone, situazioni o eventi reali è puramente casuale.

Nessuna parte di questo libro può essere riprodotta, trasmessa o distribuita in alcuna forma o con alcun mezzo senza l'esplicita autorizzazione scritta dell'autore, fatta eccezione per brevi citazioni destinate a recensioni, articoli o blog. Questo libro è concesso in licenza esclusivamente per il piacere della lettura. Un'infinità di cuori e baci e grazie infinite per l'acquisto.

Versione cartacea

Copertina di Tamsin Ley

@ Edizione italiana: Tamsin Ley; 2025
@ Edizione originale: *The Centaur's Bride*, di Tamsin Ley; 2017
Tutti i diritti riservati.
Versione tascabile
ISBN-13: 979-8-89548-026-7

Twin Leaf Press
PO Box 672255
Chugiak, AK 99567

Cavalcare un cowboy non è mai stato così allettante...

Renee, una ragazza di città, torna tra le colline di salvia del Montana per dare un ultimo sguardo al ranch del nonno prima di venderlo. Ma quando incontra un cowboy a torso nudo, con addominali d'acciaio e un'insolita affinità con i cavalli, la "rapida visita" si trasforma in una tentazione a cui è impossibile dire di no.

Peccato che al ranch aleggi qualcosa di strano... e il suo sexy cowboy stia nascondendo un segreto che va oltre ogni fantasia.

Black Stevens, un mutaforma cavallo, è sempre stato un emarginato: troppo diverso per la mandria, troppo leggendario per gli umani. Quando la capobranco gli offre la possibilità di conquistarsi finalmente un posto tra i suoi simili, non può rifiutare. Deve soltanto convincere la nuova — e irresistibile — erede del ranch a restare.

Ma più tempo trascorre con lei, più il piano diventa impossibile da portare avanti. In quella piccola umana c'è una forza che lui non aveva mai incontrato... e un desiderio che potrebbe spezzarlo.

Riuscirà a mostrarle chi è davvero? E soprattutto: riuscirà a convincerla a fidarsi di un uomo che vive a metà tra leggenda e carne?

Riuscirà a mostrarle chi è davvero? E soprattutto: riuscirà a convincerla a fidarsi di un uomo che vive a metà tra leggenda e carne?

Uno

Black Stevens si sollevò la tesa del cappello da cowboy dalla fronte con il dorso del polso e si fece da parte per lasciare alla puledra appena nata lo spazio per alzarsi in piedi. Le deboli lampadine fluorescenti appese alle travi della stalla cercavano a fatica di tenere a bada la notte. Il parto era andato liscio, nonostante la preoccupazione della mandria che Millie fosse troppo vecchia per un'altra gravidanza.

Accanto a lui, Su, la figlia maggiore di Millie, emise un sospiro di sollievo. «Sta bene?»

«Sana come un pesce», disse, incrociando il suo sguardo.

Su distolse subito lo sguardo. In forma umana Su era ancora più insignificante che in forma equina, con capelli scuri anonimi e una pelle giallastra che si abbinava al suo manto di giumenta. Era uno dei pochi membri della mandria subordinati a Black.

Millie, una baia, strofinò il muso brizzolato contro la piccola appena nata, incoraggiandola ad alzarsi.

«Come la chiamerete?» chiese Black.

Millie sbuffò e roteò un occhio, incapace di rispondere in forma equina, mentre Su porgeva una mano alla puledra, lasciandole prendere il suo odore. «Probabilmente lasceremo decidere a Lori.»

Stavolta fu il turno di Black di sbuffare e roteare gli occhi. Si agganciò i pollici ai passanti dei jeans per non stringere i pugni come avrebbe voluto. Dalla morte di sua nonna, Lori aveva assunto il ruolo di Giumenta Alfa e aveva praticamente imposto la legge marziale alla mandria.

«Lasciarmi decidere che cosa?» La voce sensuale di Lori riempì la stalla. Black si affacciò dall'angolo del box per vedere la leader della mandria, bionda, che si avvicinava, agghindata con quello che lei chiamava il suo sfarzo da umana: un reggiseno di pizzo nero che spuntava dalla profonda scollatura della camicia rossa, jeans attillati con borchie luccicanti lungo le tasche e una grossa fibbia d'argento a forma dello stato del Montana. I suoi luccicanti stivali da cowboy di New Helens la portavano quasi alla sua stessa altezza, un metro e novanta.

«Ehi, soldato.» Gli passò davanti pavoneggiandosi, tenendo lo sguardo fisso nel suo finché lui non lo distolse, come si conveniva a un buon membro della mandria. Il rispetto per il rango, radicato in lui da una vita, combatteva con l'impulso di opporsi all'autorità della nuova Giumenta Alfa. Gli stalloni proteggevano fisicamente la mandria, mentre le giumente ne guidavano le dinamiche, e la parola della Giumenta Alfa, una volta eletta, era legge. Solo i membri più forti della mandria avrebbero osato sfidarla. Sua nonna aveva preteso rispetto durante la sua leadership, ma lo aveva anche concesso in cambio. Lori era solo una prepotente.

Dentro il box da parto, Lori assunse una posizione a gambe larghe, con le mani sui fianchi. «Be', è una cosina piuttosto anonima, non vi pare? Chiamiamola Jane.»

Su tenne il mento basso e annuì, mentre Millie girò la testa in segno di sottomissione.

Le narici di Black si dilatarono, ma mantenne una postura rilassata. «Pensavo che avremmo potuto chiamarla Ivy, per via di quelle belle striature che le avvolgono i garretti.»

La leader della mandria agitò le dita curate in un gesto di sufficienza. «Ivy sta per pascoli più verdi. Ci atterremo a Jane. Andiamo, signore. Stiamo uscendo.» Sfilò la cintura, l'appese a un piolo vicino all'ingresso come a piantare una bandiera e marcare il territorio, poi si tolse gli stivali. Glieli ficcò in mano. «Mettimi questi nell'armadietto.»

In un batter d'occhio, Lori e Su erano nude; il seno sodo e la zona pubica perfettamente curata di Lori erano l'esatto opposto dei cedimenti e delle rotondità naturali di Su. Lori scivolò nell'oscurità esterna. Su la seguì da vicino, lanciando uno sguardo preoccupato oltre la spalla verso Millie. La luce che filtrava dalla porta aperta colse un lampo del manto palomino dorato di Lori mentre si trasformava.

Millie spinse la sua nuova puledra verso l'uscita.

«Non devi andare. Lascia che Ivy-Jane si tenga salda sulle zampe e si allatti.» Black si rifiutò di chiamare la piccola "Jane la sconosciuta". «Dovrebbe conoscere anche la tua forma umana.»

Black posò una mano sul garrese ossuto di Millie, a disagio nel dare consigli a una madre esperta, ma la sua formazione veterinaria non gli permetteva di restare in silenzio. Non solo là fuori c'erano pericoli come i puma, ma le prime ore di vita di un puledro erano cruciali per l'imprinting, specialmente per i cuccioli mutaforma, che dovevano familiarizzare con quelle che in pratica erano due madri. La puledra non sarebbe stata in grado di trasformarsi per alcuni anni, ma avrebbe dovuto imparare subito sia la comunicazione equina sia quella umana.

Il fianco sfregiato della giumenta trasalì al suo tocco. Girò la testa per strofinarsi la guancia contro di lui, facendogli capire che apprezzava la sua preoccupazione, ma anche di farsi gli affari suoi.

Lui sospirò e fece un passo indietro, ascoltando il suono degli zoccoli sulla terra battuta svanire nella notte. Nascose i vestiti di Lori in un armadietto e si guardò intorno per assicurarsi che non ci fossero spettatori prima di spogliarsi a sua volta. Essendo un centauro, non sarebbe mai stato davvero parte della mandria e doveva custodire il suo segreto con ancora più cura degli altri mutaforma, ma quella notte aveva una puledra da proteggere.

Prendendo fiato, si voltò verso la porta e permise alla pressione della trasformazione di prendere il sopravvento.

Renee guidò la Ford Escape a noleggio su per la collina sterrata fino al cancello del ranch, con l'aria condizionata al massimo contro il caldo secco del Montana. La sua migliore amica, Steph, sedeva sul sedile del passeggero scorrendo il telefono, già annoiata dalle colline coperte di artemisia e dalle aspre formazioni rocciose che circondavano l'altopiano. Ricordi vecchi di decenni si riversarono su Renee mentre guidava: la mamma, il nonno e persino il papà che la guardavano mentre cavalcava il suo pony a macchie bianche e nere, Cookies; le notti di tempesta in cui il nonno la faceva sgattaiolare fuori dal letto per guardare i fulmini dal portico coperto; la mamma che le mostrava una nidiata di gattini nella stalla. Ricordi felici che la riempivano di rimpianto man mano che si avvicinavano al ranch.

Il nonno era morto e lei non era mai più tornata a trovarlo. Erano passati due anni dalla sua morte e lei non lo aveva nemmeno saputo. La notizia arrivò tramite il detective ingaggiato per rintracciarla e consegnarle il testamento. Ora il ranch era suo, almeno per un breve periodo. Questa sarebbe stata la sua ultima visita. Meglio liberarsene insieme a tutti i ricordi, si disse. Stare al passo con lo stile di vita da rock star di Steph costava un sacco di soldi e l'agente immobiliare aveva offerto una bella cifra per la proprietà. E poi, cosa ne sapeva Renee di come si gestisce un ranch?

Il messaggio finale nel testamento del nonno le ronzava nella mente mentre guidava.

Il ranch cela un tesoro ben nascosto.

I segreti di Toliman a te fan dono.

Custodiscilo con cura e amalo con spirito.

Conquistata la loro fiducia, non avrai più alcun timor di rito.

Suo padre avrebbe detto che si trattava di un'altra delle stregonerie del vecchio, o qualcosa del genere, mettere una poesia in un testamento. Ma d'altronde, papà non era stato invitato alla lettura, vero? Un'antica amarezza salì in gola a Renee. Dopo la morte della mamma, papà aveva ripudiato i modi "pagani" del nonno. Qualcosa a che fare con cerimonie sciamaniche e diavoli dagli zoccoli fessi, che secondo lui avevano causato il cancro alla mamma. Non appena Renee aveva compiuto diciotto anni ed ereditato il fondo fiduciario della mamma, era scappata, desiderosa solo di sfuggire alle recriminazioni isteriche di suo padre.

Steph pensava che la poesia significasse che c'era un tesoro sepolto e aveva insistito perché andassero a controllare prima che Renee si liberasse del posto. Aveva prenotato i primi biglietti disponibili da La Guardia per conto di Renee, postando meme sulla caccia al tesoro su Instagram e posando per i paparazzi in agguato con una minuscola pala, un cimelio di una delle sue precedenti bravate. «Non sembro pronta a scavare? Forse dovrei girare un video musicale mentre sono lì.»

Lanciando un'occhiata allo specchietto retrovisore verso quella che era ovviamente l'auto di un giornalista che manteneva una distanza discreta, Renee si chiese quale pasto avrebbero finito per dare alla stampa sempre affamata questa volta. A volte si sentiva nient'altro che un personaggio di fantasia della sua stessa vita, al seguito di Steph. Ma vivere all'ombra della rock star almeno le forniva un itinerario nella sua vita scontenta.

In lontananza, sotto un albero nodoso, una mandria di animali dal colore bruno giallastro alzò la testa all'avvicinarsi del SUV. Renee diede una gomitata a Steph. «Guarda, alci.» O almeno, pensava che fossero alci. Forse cervi?

Steph alzò lo sguardo dal telefono, poi lo riabbassò. «Fico. Ci siamo quasi?»

«Presto, credo.» Ogni palo della recinzione che superavano lungo l'altopiano punteggiato di artemisia faceva stringere sempre di più lo stomaco di Renee. Perché era così nervosa? Si sentiva come se qualcosa di enorme incombesse all'orizzonte, una scelta per cui non era preparata, anche se la sua decisione di vendere era già stata presa.

L'arco del portale d'ingresso apparve in vista, con la scritta Toliman Ranch in ferro battuto lungo l'architrave. Si fermò e aprì la portiera dell'auto. Un'ondata di calore secco inondò l'abitacolo climatizzato, insieme al lontano profumo di cavalli e artemisia riarsa dal sole. Fece un respiro profondo e riconoscente, notando il tizio dietro di loro che pendeva dal finestrino dell'auto scattando foto con un teleobiettivo. Aprendo rapidamente il cancello, Renee tornò nell'abitacolo e al sollievo dell'aria condizionata.

«Che posto rustico», disse Steph, osservando il cancello mentre passavano. «Immagino che dobbiamo farlo ogni volta che entriamo o usciamo?»

Renee scrollò le spalle. «Non è poi così male. Ha dato al tuo fidanzato paparazzo l'opportunità di flirtare con me.»

Quasi per marcare il territorio, Steph abbassò il finestrino e sporse il busto, offrendo al fotografo uno scatto della sua abbondante scollatura. Renee superò con calma il cancello, poi balzò fuori per richiuderlo dietro di loro. Per quanto le importava, Steph poteva tenersi le luci della ribalta. Renee non era nessuno, comunque.

Guidò per altre centinaia di metri intorno a una collina che nascondeva gran parte della casa alla vista della strada. La luce del sole danzava tra i granelli di polvere mentre si fermavano davanti all'ampio portico coperto. Aspettandosi quasi che il nonno uscisse di casa per accoglierle, spense il motore.

Steph spalancò la portiera e guardò Renee con il naso arricciato. «Uff, che cos'è questa puzza?»

«Cavalli», rispose Renee, ricordando una versione più giovane di sé che aveva arricciato il naso allo stesso modo. Oggi quell'odore le smosse qualcosa dentro, come se un bocciolo tremante stesse per schiudersi nel suo petto. Lo represse, ricordando a sé stessa che era lì solo per consegnare tutto all'agente immobiliare.

Scese dall'auto e rimase a fissare la lussuosa casa con struttura in tronchi, le sue alte finestre e l'arredamento country. Una vecchia ruota di carro arrugginita pendeva dal rivestimento in scandole di legno, e gli infissi della porta d'ingresso erano in ferro battuto nero, compreso il battente vecchio stile a forma di ferro di cavallo. Due fioriere quadrate ai lati dei gradini del portico non contenevano altro che ciuffi di erba secca e marrone.

Dietro di lei, il tintinnio metallico del portone della stalla che si apriva la fece voltare. Ne uscì una donna bionda, molto alta, con le punte degli stivali da cowboy incredibilmente lucide per una lavoratrice di un ranch. La donna alzò il mento, come se la stesse annusando mentre si avvicinava. «Chi di voi due è Renee?»

Renee tese una mano alla gigantessa—almeno rispetto al suo metro e cinquantacinque. «Sono io.»

La donna strinse le nocche di Renee con una fermezza sgradevole. «Mi chiamo Lori. Gestisco questo posto dalla morte di suo nonno. Condoglianze per la sua perdita, a proposito.»

Steph si fece avanti, porgendo la mano. «Piacere di conoscerla, Lori.»

Lori le prese la mano, con le sopracciglia alte. «E lei chi è?»

Un lampo d'irritazione le attraversò i lineamenti. «Oh, scusi. Sono così abituata a essere riconosciuta. Steph Bilmore.» Inclinò la testa con fare malizioso. «Forse ha visto uno dei miei video musicali?»

«Ah. Questo spiegherebbe il tizio al cancello che scatta foto. Spero sappia che in Montana la gente porta le armi.» La donna si rivolse di nuovo a Renee. «Quanto tempo ha intenzione di restare?»

«Uhm...» Renee guardò automaticamente Steph in cerca di approvazione. «Qualche giorno, probabilmente? Domani verrà un agente immobiliare.»

«Siamo a caccia di un tesoro», aggiunse Steph. «E poi voglio cavalcare un cowboy. Cioè, un cavallo.» Sollevò il telefono per un selfie accanto alla ruota del carro sul rivestimento.

Le narici di Lori si dilatarono. «Un agente immobiliare? Capisco. Bene. Il governante è dentro. Vi mostrerà le vostre stanze. Io sarò nella stalla.» Si girò e se ne andò a grandi passi senza guardarsi indietro.

Steph sbuffò come se non fosse impressionata. «Quell'amazzone si comporta come se il posto fosse suo. Immagino che dobbiamo portarci i bagagli da sole, eh?»

«Sei stata un po' sfacciata con quella storia del cowboy», disse Renee, sentendosi rinvigorita dall'aria del Montana. «Non la conosciamo nemmeno.»

«Questa è la tua proprietà. Puoi fare quello che vuoi. Le passerà.»

Con la sicurezza di sé in calo, Renee annuì e si diresse verso la staccionata vicino alla stalla, lasciando a Steph il tempo di frugare nel suo solito mucchio di bagagli. Appoggiata al legno ruvido della staccionata, Renee osservò il pascolo. Oltre la sezione verde e irrigata all'interno del recinto, le dolci colline erano macchiate a chiazze di ginestra gialla e artemisia verde-argentea. Un uomo a torso nudo con un cappello da cowboy era inginocchiato accanto a uno dei pozzetti degli irrigatori all'interno del recinto. Ammirò la sua schiena ampia e abbronzata mentre raccoglieva e passava in rassegna attrezzi e pezzi di ricambio. Un puledro con le zampe striate come quelle di una zebra gli zampettava intorno mentre sua madre pascolava placidamente nelle vicinanze.

L'uomo allungò una mano dietro di sé mentre continuava a lavorare, muovendo le dita finché il piccolo non gliele annusò per poi scattare via, deliziato. Lo stomaco di Renee fu attraversato da uno sciame di farfalle nel vedere il suo evidente affetto. La risata roca dell'uomo fluttuò attraverso il campo mentre si alzava e si spolverava le mani sulla parte anteriore dei jeans. Si accovacciò e fece un giocoso passo di danza da football, provocando il piccolo cavallo, che scalciò e corse di nuovo da sua madre.

Mamma cavalla agitò la coda nera e continuò a pascolare senza preoccuparsi.

Raccogliendo la sua cassetta degli attrezzi, l'uomo guardò in direzione di Renee, mandando in tilt le farfalle nello stomaco di lei. Si sistemò il cappello sulla fronte, lasciando che il sole colpisse una mascella fine e dritta, coperta da una leggera barba. Lei mosse le dita per salutarlo, un piccolo brivido le percorse la schiena quando lui sollevò un braccio muscoloso in un saluto reciproco. *Dio, quanto è sexy.* Voltandosi appena, si rese conto che Steph non lo aveva ancora notato. Renee non riusciva mai a batterla sul tempo, spesso a causa della sua stessa esitazione. Be', non oggi. Questo era il suo ranch, e se lo sarebbe goduto finché avesse potuto. Con il cuore che le batteva in gola per la sua stessa audacia, gridò: «Mio!»

«Cosa?» Steph abbandonò i bagagli e attraversò la ghiaia per mettersi accanto a lei. «Ah, non è giusto! Spero proprio che ci siano altri cowboy deliziosi in giro.»

Renee sorrise. Wow, che bella sensazione. La maggior parte delle volte, Steph sceglieva gli obiettivi e lasciava a Renee il ruolo di spalla, il che significava passare la notte a respingere la spalla dell'obiettivo. Non questa volta.

Appoggiando il mento sugli avambracci, Renee si chinò sulla staccionata, osservando il mandriano che si dirigeva verso la stalla. I suoi jeans abbracciavano i fianchi snelli e le cosce muscolose esattamente nei punti giusti, e il suo addome scolpito si contraeva a ogni passo. Non la guardò direttamente, ma lei sentì la sua attenzione accenderle le viscere.

Con il viso in fiamme, distolse lo sguardo.

Steph tornò all'auto. «Se non concludi entro domani, la prenotazione scade.»

Il suo precedente brivido di fiducia si sgretolò. «Ehi! L'ho chiamato io per primo!»

«La prenotazione ti dà la prima mossa, non l'esclusiva. Quindi non fare casini. Scopalo e basta.» Steph sogghignò e trascinò la sua valigia con le rotelle sulla ghiaia fino alla casa.

Tirando fuori la propria valigia dal mucchio disordinato di scarti di Steph, Renee le corse dietro.

Due

Le orecchie di Black ronzavano per la conversazione delle due donne mentre lui entrava nel fienile. Non avevano modo di sapere che lui potesse sentirle da così lontano; nessun umano ci sarebbe riuscito, almeno non così chiaramente. La piccola brunetta dal visetto da folletto era dannatamente sexy mentre lo sbirciava da sopra il corrimano superiore del recinto, e aveva un profumo incredibile anche a quella distanza, come il vento che arriva da un ciliegeto in fiore. Neanche l'altra era male, ma emanava un odore aspro che gli ricordava quello di un predatore.

Posò la cassetta degli attrezzi appena dentro il fienile, al riparo dalla curiosità della piccola Ivy-

Jane, e, ora che era fuori dalla vista delle signore, si sistemò la patta dei jeans. Da quanto tempo non stava con una donna? A giudicare dal suo cazzo che si stava indurendo, decisamente da troppo. Non c'erano molte opzioni per un centauro che viveva in un ranch così isolato. Per la mandria era un abominio deforme, incapace di assumere la piena forma equina, e per gli umani, un mostro mitologico. I centauri non avevano posto in nessuno dei due mondi.

Si diresse verso il box nell'angolo in fondo, dove tenevano i pezzi di ricambio e l'attrezzatura per il traballante impianto idrico che serviva il ranch. Alcune parti del sistema risalivano a più di cento anni prima. L'uscita dell'acqua era ostruita dalla ruggine, e sperava che avessero un O-ring di scorta.

Avrebbe dovuto avvicinarsi alla brunetta o lasciare che fosse lei a venire da lui? I giovani stalloni della mandria ogni tanto se la facevano con gli umani al bar del posto, ma quella possibilità era stata stroncata sul nascere quando Lori ne aveva preso il comando. Imponeva regole severe su chi lasciava il ranch e per quale motivo, riducendo al minimo quelle che definiva interazioni «frivole» con gli umani.

L'immagine della piccola folletto, con il seno minuto premuto contro l'asse centrale della staccionata mentre lo osservava, non lo abbandonava. Oh, quanto gli sarebbe piaciuto abbandonarsi a un po' di frivolezza con lei. Affondare il viso nella calda curva del suo collo mentre lei gli avvolgeva entrambe le gambe intorno. Il suo cazzo si indurì ancora di più al pensiero. Meno male che non c'era nessuno in giro in quel momento.

Frugò in un secchio di plastica pieno di O-ring di varie misure, confrontando quello vecchio del rubinetto per trovarne uno uguale. Lori voleva il ranch, e a dire il vero l'intero altopiano, come rifugio per i mutaforma. Nessun umano, anche se il vecchio Toliman era stato a conoscenza della mandria e aveva fornito cose come assistenza medica e foraggio invernale. Ora che se n'era andato, la mandria si trovava su un terreno instabile.

Il fruscio di passi sul pavimento di terra battuta dietro di lui lo fece voltare. La Giumenta Alfa era appoggiata allo stipite della porta, uno stivale incrociato sull'altro. «Ho un lavoro per te, soldato.»

Tornò a frugare nel secchio, il cazzo che fortunatamente si afflosciava alla sua presenza. Odiava il soprannome che gli aveva dato, come se lui vivesse solo per seguire i suoi ordini, non per far parte della mandria che proteggeva. «Sto già lavorando a qualcosa.»

«Ha sentito che abbiamo delle visite.»

Lui si strinse nelle spalle con fare evasivo.

«La nanerottola è l'erede di Toliman. Ho bisogno che tu la sposi. Prima lo fai, meglio è.»

Irritato, rimise il secchio dei pezzi sullo scaffale con uno spintone e si voltò. «Sposarla? Non pensavo che Lei volesse avere niente a che fare con gli umani?»

Lori abbassò il mento, gli occhi castani che scintillavano d'autorità. A volte si chiedeva se suo padre fosse stato un felino selvatico invece di uno stallone, per darle quel tipo di autorità che sembrava esercitare. Parlò con un timbro sensuale che non ammetteva repliche. «Ha un agente immobiliare in arrivo. Uno di noi deve sposarla, acquisire la proprietà. Impedirle di vendere il posto o di trasformarlo in una trappola per turisti.»

«Perché io?» Uscì dal box del magazzino, sfiorandola in modo spiacevolmente ravvicinato quando lei si rifiutò di farsi da parte.

«Sei qui al fienile più di chiunque altro. E non è che se scopi con un'umana tu possa inquinare la linea di sangue più di quanto non abbia già fatto.» Lo seguì tallonandolo, la sua voce vicina al suo orecchio. La pelle gli si accapponò come se lei potesse mordergli il fianco da un momento all'altro. Odiava quando cercava di fargli pesare il suo rango nella mandria quando era in forma umana. «Probabilmente hai già il cazzo mezzo duro solo al pensiero di montarla, comunque. Fallo. Dirò agli altri stalloni di tenersi alla larga. Sta' solo attento a quella sua amica. È un osso duro.»

«Montarla è una cosa. Sposarla, un'altra.»

Pensava forse che la nipote di Toliman avrebbe semplicemente sposato uno strano bracciante e firmato le carte? Si chinò per raccogliere la cassetta degli attrezzi. «Il vecchio Toliman ha mantenuto il nostro segreto per decenni. Perché non lo diciamo semplicemente a sua nipote?»

Lori gli si avvicinò così tanto che i loro stivali si toccarono. «Non una parola. Il nostro segreto è morto con quel vecchio e farai meglio a far sì che resti tale.» Un ordine diretto? Come avrebbe potuto costruire una fiducia abbastanza solida da chiedere in matrimonio un'umana, mantenendo un segreto del genere? Abbassò lo sguardo, il labbro che gli si arricciava per il disgusto alla vicinanza di Lori, e indietreggiò di un passo. «Si aspetta che mi inginocchi e le faccia la proposta di punto in bianco? Ho la sensazione che sia più intelligente di così.»

«Ti ho visto in azione al bar, soldato. So che la farai capitolare. Convincila a essere la tua sposa, e io ti assicurerò un posto nella mandria. Un posto vero, a correre nel vento con il resto di noi.»

L'idea si impossessò di lui come la mano di un'amante che gli stringe i testicoli. Aveva sognato di correre con la mandria da prima della sua prima trasformazione a diciassette anni. A differenza degli altri mutaforma equini, era nato da sua madre mentre lei era in forma umana — un bambino umano — e aveva sopportato la sua lunga infanzia aspettando la sua prima trasformazione per unirsi alla mandria di sua nonna. Col passare del tempo, non avendo mostrato alcun segno della capacità, tutti presunsero che non sarebbe mai successo. Aveva provato in tutti i modi a farlo accadere che, quando finalmente accadde... Beh, si era quasi ucciso trasformandosi più e più volte nel tentativo di «farlo nel modo giusto.»

Non ci riuscì mai.

La mandria non lo aveva esattamente evitato — non osavano farlo quando sua nonna era la Giumenta Alfa. Ma l'indulgenza che un tempo avevano mostrato al povero ragazzo umano, come le cavalcate a pelo nudo attraverso l'altopiano, si era rapidamente trasformata in disprezzo e indifferenza. L'unica ragione per cui era andato alla facoltà di veterinaria era per rendersi utile alla mandria. Ma neanche quello aveva aumentato il suo rango. Essere un veterinario era una cosa da umani.

Si leccò le labbra, guardando Lori con diffidenza. «Come propone di farmi accogliere dalla mandria, quando non posso nemmeno correre con loro?»

Lei abbassò il mento per squadrarlo. «Quello che dico io è legge. Lo sai. Una volta che il ranch sarà nostro, sarai libero di vagare come non mai. E se non lo fai tu, troverò qualcun altro che lo farà.»

Il suo cuore palpitò con un ritmo sgradevole. Non si era mai considerato uno da sposare. Ma per appartenere a una mandria, avrebbe fatto quasi di tutto. E in ogni caso, la nipote di Toliman era una delizia fin troppo allettante. «Se riesco in questa impresa e lei diventa la mia mogliettina del ranch, come nasconderà il nostro segreto allora?»

Il sorriso di Lori era ferino mentre si ritirava nel fienile. «Credimi, non resterà in giro a lungo.»

A Black si rivoltò lo stomaco all'improvviso mentre considerava cosa potesse intendere Lori.

Renee fissò l'enorme portone del fienile e deglutì. Steph era in casa, legata a un telefono a muro per poter parlare con il suo agente. A quanto pareva, i cellulari non prendevano al ranch. Ma questo dava a Renee l'opportunità di trovare quel cowboy senza il giudizio attento di Steph o un successivo resoconto scherzoso del suo goffo flirt.

Perché deve fare così dannatamente caldo? Teneva le braccia staccate dal corpo, sperando in una brezza rinfrescante. Nonostante un'altra passata di antitraspirante, le sue ascelle erano già macchiate di sudore.

Facendo un respiro profondo, si avventurò nel fienile, sperando di trovarlo lì. Scrutò lungo la fila di stalle, riprendendo familiarità con una disposizione che ricordava vagamente dall'infanzia. Le stalle a destra erano semplici cubicoli di rete metallica, mentre quelle a sinistra erano chiuse da legno massiccio. Il fienile vuoto echeggiava, il dolce profumo di fieno caldo e polvere permeava l'aria. Una semplice scala di legno saliva al soppalco, mentre diverse balle di paglia formavano una rampa dall'aspetto più solido all'altra estremità dell'edificio.

E se non è qui? O peggio, e se ha già una storia con quella Lori? Si aggrappò a quel poco di fiducia in se stessa che le era rimasta e si avventurò nell'interno fresco e semibuio del fienile. «C'è nessuno?»

L'uomo con il cappello da cowboy apparve da dietro la scala di paglia, indossando ora una maglietta scura e attillata. *Che peccato.* Almeno le sue spalle e i suoi bicipiti tiravano il tessuto in tutti i punti giusti. Una freccia di sudore scuriva lo scollo della maglietta, puntando verso il basso tra i suoi pettorali scolpiti.

Si diresse verso di lei, gli stivali da cowboy ben consunti che strusciavano sul pavimento coperto di fieno, ogni passo le provocava brividi fin nel profondo. Aveva una mascella forte, coperta da un'ombra di barba, capelli biondo cenere che si arricciavano leggermente sopra le orecchie, un naso forte e dritto e labbra sensuali. Sotto il suo sguardo color mogano, la sua fica si sentì irrequieta, calda e innegabilmente bagnata.

«Devi essere la nuova proprietaria.» La sua voce era bassa e sexy come aveva immaginato.

Se voleva battere Steph sul tempo, doveva giocare come lei. *Di' qualcosa di sexy.* Ma tutto ciò a cui riusciva a pensare era cavalcare un cowboy. Totalmente inappropriato. Invece, sorrise e tese una mano. «Ehilà, socio!»

Ehilà, socio? Davvero? Era il meglio che le fosse venuto in mente? Scosse la testa e pregò in silenzio che il suo rossore fosse invisibile nella luce fioca del fienile. Lui accettò la sua stretta di mano, la sua presa grande e callosa per il lavoro era salda ma per niente sgradevole. Anzi, il contatto le mandò un delizioso brivido lungo il braccio mentre immaginava quella mano toccare altre parti della sua pelle.

Si schiarì la gola e ci riprovò. «Mi chiamo Renee. E tu?»

Un piccolo sorriso gli contrasse un angolo della bocca, e lei fu attratta dal suo caldo sguardo castano. «Black.»

«Black? È il tuo nome?»

«Sì.» Il suo sguardo scese sulle loro mani ancora strette.

Cercò disperatamente una battuta alla Steph per tenere viva la conversazione. «Lasciami indovinare... Black Beauty?» *Oh, Dio, che stava facendo? Un libro da bambine? Andiamo, Renee.* «No, troppo da femminuccia. Black Jack? No, quello è un pirata.» *Di male in peggio...* «Oh, aspetta, Black Stallion!» Il suo rossore divenne un calore quasi intollerabile, e moriva dalla voglia di coprirsi il viso con entrambe le mani. Poi si rese conto che gli stava ancora stringendo la mano. Si liberò di scatto, cercando di stare dritta quando tutto quello che voleva fare era rannicchiarsi su se stessa.

La contrazione all'angolo della bocca si allargò in un sorriso completo. «Quasi. Black Stevens.»

Prima che potesse aggiungere altro, Lori emerse da una delle stalle di legno dietro di lui. La donna alta gli diede una manata sulla spalla, ma non con quello che Renee avrebbe definito affetto. Più che altro, possessività. «Vedo che hai conosciuto il nostro bracciante. A Black è stato assegnato il compito di farti fare un giro.»

Accidenti. Era *davvero* impegnato. Le pareva logico che, l'unica volta che Renee aveva dichiarato di volere un ragazzo figo, ne scegliesse uno già accasato.

Scrollandosi di dosso la presa di Lori, Black si incupì e si voltò a guardarla. «Tu e io dobbiamo parlare di questo.»

«Puoi sempre tornare a spalare il letame.» Il sorriso di Lori era tirato.

Renee tese i palmi delle mani. C'era una forte tensione nell'aria e non voleva finirci in mezzo. «Ehi, non voglio interrompere un litigio tra amanti. Posso tornare più tardi.»

Black scoppiò in una risata roca. «Lori e io non siamo, e non saremo mai, amanti.»

L'espressione altezzosa della donna alta confermò le sue parole. Qualunque cosa stesse succedendo tra quei due non aveva niente a che fare con il sesso. Incerta su cosa pensare della situazione, Renee si guardò intorno per trovare un nuovo argomento. «Non suppongo che Cookies sia ancora qui? Il nonno teneva un pony per me.»

Lori rise. «Niente Cookies per te, mia cara.» Lanciò uno strano sguardo a Black. «Farò sellare il nostro stallone, Saul, per te.»

Black parve irrigidirsi. «Sellare Saul? E a lui va bene?»

Con uno sguardo sdegnoso, Lori lo superò dirigendosi verso Renee. «Non vede l'ora di compiacerti.»

Black si voltò mentre lei passava. Si schiarì la gola. Si spostò per rivolgersi a Renee. «Uno stallone potrebbe essere un po' troppo per te.»

«Sciocchezze.» Lori agitò una mano con fare sbrigativo, sollevando i granelli di polvere in un pigro vortice. «È la nipote di Toliman. Voglio dire, guardala. Ha il fisico asciutto di una fantina. In più, ho sentito che lei e la sua amica sono amanti del brivido. Saul l'adorerà.»

La tensione permeava il fienile, carica di un sottotesto che Renee non riusciva a comprendere. Steph adorava la pubblicità che le derivava dal suo amore per il rischio per i paparazzi, ma in verità, le cose che faceva Steph spaventavano a morte Renee. Montare uno stallone le sembrava qualcosa al pari di nuotare in una gabbia per squali. Inoltre, il nonno era morto cavalcando un cavallo, e lei non era neanche lontanamente abile come lo era stato lui. «Ehm, non salgo a cavallo da quando avevo otto anni.»

Black afferrò il braccio di Renee e la girò con fermezza verso una delle stalle aperte sul pascolo. «Perché non ti faccio fare un giro prima che tu decida qualcosa? Rimandiamo la cavalcata a più tardi, quando non farà così caldo.» Lanciò un'occhiata alle sue spalle, ma non rallentò. «Abbiamo una puledra appena nata. È nata solo pochi giorni fa.»

«Mi sembra un'ottima idea», disse Renee, senza fiato, schivando un mucchio di letame secco.

«Fatemi sapere come va la cavalcata!» La voce di Lori li raggiunse, seguita da una risata.

Ora che erano lontani da Lori, Renee inclinò la testa per dare un'occhiata al sedere coperto di jeans di Black. Non troppo larghi, non troppo pieni. *Niente male.* Seguì con lo sguardo la sua schiena ampia fino alla massa sexy di capelli che spuntava da sotto il cappello da cowboy. Tutti i cappelli da cowboy si chiamavano Stetson o era una marca specifica?

Un sasso instabile le si girò sotto il piede, facendola barcollare in avanti. Lui si girò di scatto e la prese per le braccia prima che cadesse. *Oh, veloce e forte.* Lei gli sorrise timidamente, compiaciuta del suo battito di ciglia sorpreso prima che lui distogliesse lo sguardo. *Visto, questa cosa di Steph non è poi così difficile. Be', finché non è richiesto parlare...*

«Attenta», disse lui. «Sembra che queste rocce spuntino dal nulla.» Si girò e continuò a camminare, non tenendole più il braccio. *Peccato.* Lei chiuse gli occhi e si riempì i polmoni del suo profumo persistente. Fieno dolce, cuoio e un uomo incredibilmente sexy.

Riaprendo gli occhi, si sentì in imbarazzo nel trovarlo a pochi passi di distanza, vicino alla giumenta, che la osservava. Un sorrisetto gli incurvò le labbra sensuali. «Lei è Millie.»

La giumenta drizzò le orecchie verso Renee, incuriosita.

Con le guance in fiamme, Renee raddrizzò la schiena e tese la mano verso il cavallo come per stringergliela. «Piacere di conoscerti, Millie. Io sono Renee.» *Ecco, carino, no?* La bestia annuì come in segno di saluto, e Renee ridacchiò e fece una riverenza, compiaciuta del sorriso di approvazione di Black. «Che educata!»

«Millie, Renee è la nuova proprietaria del ranch e le piacerebbe conoscere Ivy-Jane, se non ti dispiace.»

La piccola puledra sbirciò da dietro i quarti posteriori della madre, il naso troppo grande per il suo corpo e le zampette delicate cerchiate di striature. A Renee sfuggì un sospiro. «Oh, mio Dio, è adorabile.»

La puledra si ritrasse spaventata. La mamma cavalla agitò la coda e si girò per continuare a pascolare, come se acconsentisse con una scrollata di spalle.

Black si accovacciò e si sporse in avanti, offrendo una mano verso il punto in cui la puledra era scomparsa. «Va tutto bene, Ivy-Jane. Vieni a conoscere l'umana.»

Renee ammirò il suo ampio petto mentre lui allungava il braccio. «Mi piace come parli con loro.»

Lui si alzò senza guardarla. «È una questione di rispetto, tutto qui. Non è vero, Millie?» Grattò il collo della giumenta dove emergeva la sua criniera scura. «E con i piccoli, devi permettere loro di venire da te. Riescono a percepire di chi fidarsi.»

La puledra li sbirciò di nuovo, questa volta spuntando da dietro la parte anteriore della giumenta, le orecchie scure all'indietro. Renee distolse lo sguardo, mantenendo la concentrazione su Black. Non era difficile. I muscoli del suo avambraccio si contraevano mentre grattava la giumenta e i minuscoli peli dorati sulla sua pelle catturavano il sole. Ricordando come lui avesse teso una mano scherzosa verso la puledra mentre lavorava alla scatola dell'irrigatore, Renee sollevò il palmo e agitò le dita verso la puledrina.

Con suo grande piacere, la piccola creatura si avvicinò per annusare, il muso di velluto che le sfiorava il dorso delle dita.

«Sembra che tu abbia superato la prova.» Black la osservava con uno sguardo velato e un sorriso rilassato. Accidenti, che sorriso sexy da far perdere la testa.

«A che età iniziate a domarli?»

Millie nitrì e agitò la coda, facendo scappare la piccola puledra prima di girarsi e seguirla lentamente. Renee lasciò cadere il braccio con delusione.

«Noi non domiamo i cavalli qui.» La voce di Black conteneva un basso ringhio di irritazione. Il sorriso velato si era trasformato in pietra. «Inoltre, Millie è... della mandria selvatica.»

«Scusa. Intendevo addomesticare.» Renee inarcò le sopracciglia, ma il suo viso non si addolcì. «Lavorarci? Non conosco il gergo dei cavalli. E poi, pensavo che i cavalli selvatici scappassero. Perché è nel vostro pascolo?»

Black si tolse il cappello e si passò una mano tra i riccioli biondo cenere. «Il vecchio Toliman — tuo nonno — aiutava sempre i cavalli. Non importava se fossero suoi, dei vicini o della mandria selvatica. Offriva protezione ai nuovi puledri. Forniva foraggio durante gli inverni rigidi. Aiuto medico quando necessario.» Fece spallucce, come a dire che era ovvio. «Cerchiamo di onorare i suoi metodi.»

Quel senso di nostalgia che l'aveva catturata durante il viaggio in auto, quella sensazione di qualcosa di perduto, si impadronì di lei. Ebbe un'immagine vivida del largo sorriso di suo nonno ogni volta che la portava nel fienile o nel pascolo. «Mi portava in giro su un carretto per vedere tutti i cavalli. Diceva che stavamo facendo visita», disse, con le lacrime che le velavano gli occhi. Perché non era mai tornata a trovarlo? Solo perché papà era preoccupato per la magia voodoo o qualcosa del genere? «Il nonno amava i cavalli.»

Una brezza passò tra lei e Black come un fantasma e lei si asciugò gli occhi con il dorso delle mani. Cercò di ridere. «Scusa.»

Lo sguardo ricco e mogano di Black cercò il suo. Il viso di pietra che aveva prima si era addolcito, pur rimanendo serio, come se si aspettasse qualcosa da lei. «Forse puoi amarli anche tu.»

Rise di nuovo, il cuore che le batteva come un uccellino spaventato nel petto. Quel signor Intensità era un tipo davvero affascinante. Riportò lo sguardo verso il fienile. Se qualcuno poteva farle amare di nuovo i cavalli, quello era Black Stevens.

«Forse puoi portarmi a cavalcare e mostrarmi come si fa?» Inclinò la testa e gli lanciò quello stesso sguardo timido e malizioso di quando era inciampata sulla roccia. Le sue parti intime fremevano dal desiderio di cavalcare — e non necessariamente un cavallo.

Lui inspirò profondamente, come per assorbirla. «Certo.»

«Oh!» Si ricordò della poesia del nonno. «E il testamento del nonno diceva qualcosa su un tesoro sepolto. Ne hai sentito parlare?»

«Uh... no.»

«Be', sei ufficialmente reclutato per aiutare a cercarlo.» Gli prese la mano callosa dal lavoro e lo trascinò verso il fienile per sellare i cavalli, con un'audacia improvvisa che le faceva palpitare il cuore.

Quattro

Con totale sconcerto, Black si lasciò trascinare al fienile da quella fata. Sarebbe dovuto essere lui a sedurla, non il contrario. Come diavolo poteva ragionare lucidamente quando lottava di continuo contro un'erezione vicino a lei? Non aveva mai avuto quel tipo di reazione fisica con nessuna. Era come se il suo corpo fosse iperconsapevole di ogni movimento. Quando era inciampata su quella roccia, lo sguardo elettrico e invitante che gli aveva rivolto l'aveva quasi steso al tappeto.

Solo perché sta flirtando non significa che cerchi qualcosa di serio.

Probabilmente cercava solo un'avventura estiva. Cosa che le avrebbe concesso volentieri, se non fosse stato per il piano di Lori. E per le minacce. Prima di tutto, non sembrava che Lori avesse intenzione di arrivare a un matrimonio del tipo «e vissero felici e contenti», motivo per cui Black aveva esitato durante le presentazioni con Renee. Poi c'era l'altra minaccia, aspra quasi quanto la prima. *Se non lo fai tu, posso trovare qualcuno che lo farà.* Qualcuno come Saul, che non era solo uno stallone: era lo zio Saul di Black, il capo della mandria degli Scapoli.

L'idea che Saul montasse Renee — o viceversa, già che c'erano — fece stringere a Black i pugni. Non che lo zio Saul fosse un cattivo soggetto, ma il pensiero che chiunque altro eccetto lui cavalcasse quella dolce puledrina gli faceva venire voglia di prendere a pugni qualcuno.

L'ombra fresca del fienile li avvolse e Renee emise un sospiro udibile. Si tirò la maglietta, lasciando intravedere il reggiseno di pizzo rosa e liberando ondate del suo incredibile profumo di fiori di ciliegio, come una fresca brezza primaverile in un'afosa giornata estiva. *Riprenditi, Black. Ti stai comportando come un puledro di un anno vicino a una giumenta in calore.*

«Accidenti, che caldo fa sotto questo sole», disse Renee con voce ansimante, terribilmente sexy. «Non so come fai a lavorarci tutto il giorno.»

Lui lasciò che lo sguardo le scivolasse dal viso al seno e più in basso, poi risalisse a incontrare i suoi occhi, le narici che fremettero al suo aroma inebriante. «Che profumo stai usando?»

Lei arrossì. «È solo deodorante.»

Gli piaceva il modo in cui riusciva a farla arrossire. Era una brava ragazza che cercava di fare la cattiva e doveva ammettere che era terribilmente attraente. Volendo vedere quanto potesse arrossire ancora, inspirò a fondo, con intenzione. «Hai un odore delizioso.»

Il rossore di lei si intensificò e distolse timidamente lo sguardo.

La forza del suo membro premette contro la dura cerniera dei jeans. Fece un passo avanti, finché non fu sicuro che lei potesse sentire il suo respiro sulla pelle. Era certo di odorare di cavallo e sudore, ma a Renee non sembrava importare. Anzi, pareva attratta da quell'odore, se la sua precedente annusata al vento era un'indicazione.

Lei inclinò il mento per guardarlo, e il rossore dell'imbarazzo si sciolse in un bagliore eccitato. Le sue ciglia si abbassarono tremando, le labbra leggermente socchiuse, pronte perché lui le assaggiasse.

Per quanto desiderasse gettarla nel fieno e sprofondare dentro di lei, sapeva di dover fare di più. Doveva conquistare il suo cuore. Non aveva mai giocato al corteggiamento prima: nessuna giumenta avrebbe mai scelto un centauro. I suoi precedenti incontri sessuali erano sempre stati con umane, sesso sbrigativo e sporco, senza legami. E ora c'era Renee, che gli offriva il solito interludio focoso, e lui pensava a un'unione.

«Sei mai stata innamorata?» La sua stessa voce gli suonò roca alle orecchie.

Lei spalancò gli occhi. Un lampo di vulnerabilità le attraversò lo sguardo. Poi la puledra selvatica tornò. Allungò la mano e gli fece scorrere l'indice dalla gola lungo il petto. «Che domanda sciocca.»

Lui le afferrò la mano, fermandola contro lo sterno. La sua pelle calda era morbida. Guardandola profondamente negli occhi, disse: «La prendo come un no.»

Eccolo di nuovo, quel lampo vulnerabile dietro i suoi occhi. Raddrizzò la schiena. «Non dev'essere per forza amore. Possiamo anche solo divertirci un po'.»

Lui aggrottò la fronte. Dietro i suoi goffi tentativi di flirtare aveva intravisto qualcuno degno di essere la nipote di Toliman. Qualcuno capace di amare. Non una donna a caccia. Le strofinò il pollice sul palmo morbido. «Non vuoi di più?»

Lei scosse la testa. «L'amore è solo un modo per farsi ammazzare: se non nel corpo, nello spirito. Ho visto mio padre trasformarsi in un estraneo dopo la morte di mamma.» Scosse la testa, come per scacciare i ricordi. «Non cerco l'amore.»

Black inarcò un sopracciglio, sapendo di stare per toccare un nervo scoperto. Ma voleva sapere con chi aveva veramente a che fare. «E così hai deciso di diventare una seduttrice, allora? Una predatrice?»

Lei sbatté le palpebre e si liberò la mano. Ma lui la riafferrò e la riportò sul suo petto. Lei lo guardò torva. «Non sono una seduttrice.»

In quel momento, qualcosa nella sua postura, nel modo in cui si difendeva, afferrò le redini del suo cuore. Quella piccola puledra arrossita non era decisamente una predatrice. Forse fingeva di esserlo, ma quando si arrivava al dunque, non era tipo da lasciarsi dietro una scia di cuori infranti. No, lei stava giocando, come un puledro di un anno che flirta con una nuova mandria.

Le rivolse un sorriso ironico. «Se non sei una seduttrice, allora sei una che provoca.»

Lei ansimò e si liberò la mano con uno strattone. «Non sono una che provoca!»

«No?» Le si avvicinò, premendo il petto contro il suo, costringendola a indietreggiare. Un passo, due, finché non urtò il palo verso cui la stava spingendo. «Dimostramelo.»

Abbassò lo sguardo nei suoi occhi spalancati e, quando lei non lo respinse, chinò la testa per incontrare le sue labbra. Circondandole un lato del viso con la mano, infilò le dita tra i suoi capelli corti. La morbidezza della sua bocca, il sapore dolce mentre si apriva a lui, gli fecero girare la testa. Sembrava sciogliersi sotto di lui, aprendosi come petali al sole. Le sue mani scivolarono sulle sue anche, mandandogli brividi lungo la pelle, infiammando il suo cazzo già duro come la roccia. Accidenti, quella donna era come una droga.

Si ritrovò a baciarla più forte, a insinuare la lingua tra i suoi denti. A esplorare la sua bocca. A inspirare il suo respiro come se fosse il proprio.

Lei inarcò il petto contro di lui, gettando la testa all'indietro ed esponendo il collo. Le mordicchiò la linea della mascella, e il cappello le urtò la guancia. Lei allungò una mano e glielo fece cadere a terra. Libero, la strinse forte a sé e abbassò la bocca sulla pelle sensibile all'incavo del suo collo. Il suo profumo caldo lo avvolse, profondamente femminile ed eccitante. I suoi capezzoli si erano drizzati come piccoli bottoni sotto la maglietta, pungolandolo attraverso il tessuto. Dio, voleva assaggiare quei seni.

Lei posò entrambe le mani sulla parte bassa della sua schiena e si strusciò contro di lui, premendosi contro la sua erezione. Lui le afferrò i glutei, sollevandola leggermente per farla combaciare con sé. Lei emise un piccolo gemito in fondo alla gola che quasi lo fece venire. Le sue mani vagarono sulla sua schiena, sui suoi fianchi, scesero a frugare sotto l'orlo della sua camicia e vi si infilarono, lasciando scie infuocate sulla sua pelle mentre gli accarezzava gli addominali e cercava i suoi capezzoli induriti.

«Evvai, ragazza!» Un lampo penetrò attraverso le sue palpebre chiuse e un odore familiare e predatorio si intromise nel momento. «Questa va dritta sul tuo profilo Instagram.» Renee si irrigidì, le sue dita cessarono le carezze. Lui allentò la presa, voltandosi per affrontare il guardone mentre si frapponeva tra Renee e la macchina fotografica. L'amica di lei era lì, in canottiera scollata, shorts inguinali e infradito, con i capelli ossigenati che le cadevano in due treccine ai lati del viso. Lui ringhiò: «Che stai facendo?»

«Sto immortalando il momento.» Steph non alzò lo sguardo dal telefono mentre scriveva qualcosa da allegare alla foto.

Lui abbassò il mento per fulminarla con lo sguardo. Le foto erano qualcosa che evitava, per ovvi motivi. «Non dovresti pubblicare foto di persone che non conosci.»

Lei alzò lo sguardo per incontrare il suo con studiata innocenza. «Oh, ti stiamo decisamente conoscendo. Non è vero, Renee? E poi, ho detto a quel tizio al cancello che poteva entrare con la sua macchina fotografica.»

«Hai fatto cosa?» Strinse le mani a pugno. Si sentiva la testa nuda senza il cappello, e frugò con lo sguardo il pavimento di terra finché non lo trovò. Spolverandolo contro il ginocchio, la guardò torvo. «Tendiamo a essere riservati, qui al ranch.»

«Non hai niente di cui vergognarti, stallone. Sei un gran bel pezzo d'uomo!» Ghignò e gli scattò un'altra foto.

Stringendo i denti, si rimise il cappello in testa, facendo un passo verso di lei. Stava per strapparle il telefono di mano e...

Il tocco delicato di Renee sul suo braccio lo frenò. Incrociò le braccia e aspettò di vedere cosa avrebbe fatto la sua puledrina.

Renee uscì da dietro Black, cercando di calmare il suo polso accelerato. Steph faceva solo la Steph, prendendo il sopravvento come se il posto fosse suo. Solo che, questa volta, il posto era davvero di Renee. Quello era il territorio di Renee e, per una volta, non aveva pazienza per la mancanza di rispetto di Steph. «Steph, non a tutti piace avere la propria vita spiattellata in giro.»

«Non ti preoccupare, non ho pubblicato nulla. Non ho campo qui. Questo posto è così sperduto.» Si infilò il telefono nella tasca posteriore. «Sono venuta a dirti che ci hanno invitate a fare base jumping! Partiamo per Dubai domattina. Sbrighiamo questa faccenda della caccia al tesoro e andiamo oltre.» Si guardò intorno come se il tesoro potesse sbucare fuori da un momento all'altro.

«Base jumping?» Renee inciampò quasi nel passo. Steph parlava di base jumping da quasi un anno. Aveva persino convinto Renee a fare un lancio in tandem con il paracadute "per allenamento". Renee si era slogata una caviglia ed era rimasta a riposo per più di una settimana.

«C'è questo edificio laggiù, alto tipo un milione di chilometri. La gente lo fa sempre. E se ci beccano, potremmo finire in prigione.» Steph strillò e fece una piccola smorfia di eccitata paura.

La voce profonda di Black borbottò alle spalle di Renee. «Sei eccitata all'idea di andare in prigione a Dubai?»

«Oh, non finiremo in prigione. Almeno non per molto. Ho le persone giuste per farmi uscire.»

«E Renee?» La sua voce era dura come il ferro. Renee non era sicura se questo la facesse sentire preoccupata o al sicuro. Lui si stava prendendo cura di lei, ma la sua animosità verso Steph era quasi fisica.

Steph aggirò Renee e si diresse verso di lui, con un familiare lampo famelico negli occhi. «Oh, che dolce, adoro un uomo protettivo.»

«L'ho visto prima io, ricordi?» sibilò Renee a denti stretti.

Sbuffando, Steph si girò e si diresse impettita verso le porte del fienile. «Comunque non abbiamo tempo. Dobbiamo essere a Dubai dopodomani. Jamison ha già organizzato tutto.»

«Non è abbastanza tempo.» Renee deglutì, cercando un po' di coraggio: non quello per fare base jumping. Non l'avrebbe mai fatto, per nessuna ragione al mondo. Aveva bisogno del coraggio di dire di no a Steph.

«Non hai ancora firmato le carte, quindi sarà tutto ancora qui quando torneremo. Magari il tuo amichetto può trovarmi un amico mentre siamo via?» Steph lanciò un'occhiata sopra la spalla a

Black, arricciando le labbra in un bacio scherzoso. «Andiamo, Renee.»

Renee rivolse a Black un sorriso tirato. La postura delle sue spalle le diceva che era ancora sul chi vive. Meglio allontanarsi e affrontare Steph subito. «Dovrò rimandare quella passeggiata a cavallo a più tardi.»

Correndo dietro alla sua amica, la raggiunse nel piazzale di ghiaia dove avevano parcheggiato la Ford. Steph aveva aperto il bagagliaio e stava frugando in una delle valigie. «Sono sicura di aver messo qui le mie ballerine di Louis Vuitton. Voglio indossarle in aereo.»

«Siamo appena arrivate, Steph. Voglio fermarmi qualche giorno.» Renee si fermò accanto al SUV per guardare Steph aprire e ripiegare diverse pile di vestiti, tutti troppo eleganti per il ranch.

«Questo lancio è un'occasione unica nella vita.» Steph non alzò lo sguardo. «Non vuoi perdertela.»

Renee deglutì, con lo stomaco in subbuglio. «Ho un appuntamento con l'agente immobiliare. Perché non vai avanti senza di me? Magari posso raggiungerti?»

«È una questione di soldi?» Steph aggrottò la fronte. «Sai che copro io le spese finché non potrai ripagarmi.»

«No, non è quello. Voglio solo sistemare questa faccenda del ranch.»

Steph interruppe la sua valutazione di una camicetta blu navy senza maniche punteggiata di paillettes e guardò Renee. «Renee.» Gettò la camicetta sopra la valigia aperta. «Mi darai davvero buca proprio adesso, quando finalmente sono riuscita a organizzare tutto? Sai che aspetto questo momento da mesi.»

Ai margini del fienile, Renee colse il luccichio dell'obiettivo di una macchina fotografica mentre il paparazzo ne approfittava. Alzando gli occhi al cielo, riportò l'attenzione su Steph. «Avrai Jamison. E poi, tre è il numero perfetto.»

«Ha anche un amico per te, sai. Non come qui, dove sono *io* a fare da terzo incomodo.» Arricciò il naso come una bambina petulante.

«Non vengo qui da quando avevo otto anni, e ho a malapena dato un'occhiata in giro....»

«Andiamo! Sarà uno spasso! A Dubai si fa shopping da urlo.»

Renee si strinse nelle spalle, cercando di impedire che l'acidità nel suo stomaco le risalisse ulteriormente in gola. «Credo proprio che resterò qui.» Ecco. L'aveva detto.

Steph la guardò socchiudendo gli occhi, le extension delle ciglia che ombreggiavano i suoi occhi verdi screziati. Il suo sguardo scrutatore si spostò sul fienile e di nuovo su di lei, senza nemmeno degnare di uno sguardo il fotografo. «Capisco. Mi pianti in asso per un pene.»

«Cosa? Non lo farei mai....»

«E allora come lo chiami?»

Renee ingoiò il sapore aspro che le riempiva la bocca, il sangue che le pompava forte come quando stava baciando Black. La verità era che *voleva* restare e vedere come sarebbero andate le cose con lui. Inoltre, il ranch le stava riportando alla mente così tanti ricordi che sentiva di aver bisogno di un po' di tempo per assorbirli prima che non fosse più suo. Black la stava aiutando a farlo in un modo che la faceva sentire al sicuro. Come se potesse essere se stessa invece della seduttrice che doveva fingere di essere all'ombra di Steph. Renee si conficcò le unghie nei palmi. «Non voglio fare base jumping. Né ora né mai.»

Gli occhi della sua amica si spalancarono e lei fece un mezzo passo indietro, come se fosse stata schiaffeggiata. «Oh. Be', perché non l'hai detto prima?»

Con gli occhi che le bruciavano di lacrime di rabbia, Renee scosse la testa. «Io... tu....» Le parole la stavano soffocando, troppe trattenute per troppo tempo.

Steph si allungò per stringere Renee in un abbraccio. «Lo so, lo so. L'hai appena detto.» La strinse finché le mani di Renee non si alzarono per ricambiare l'abbraccio. «Bene. Andrò da sola. L'ho già detto ai miei fan. Ma non vendere questo posto finché non torno. Abbiamo un tesoro da trovare.»

Renee si lasciò andare contro Steph con sollievo, mentre il senso di colpa già germogliava nel petto, spingendola a cedere. A fare le valigie e a tornare a essere l'ombra di Steph. Invece, disse semplicemente: «Grazie.»

Stampando un grosso bacio sulla guancia di Renee,

Steph disse: «Assicurati di prendere appunti su quel cowboy tutto da mordere. Voglio ogni dettaglio.»

Renee le rivolse un sorriso ironico. Poi indicò il paparazzo che si aggirava furtivamente accanto al fienile. «Nel frattempo, pensi di riuscire a toglierti di torno il tuo fidanzato laggiù?»

Cinque

Black tornò infuriato al fienile per prendere una briglia per Petunia, sopportando a fatica di dover contare sulle zampe di un cavallo normale, ma non poteva trasformarsi con tutti quegli umani in giro. E la mandria doveva saperlo subito, prima che qualcuno commettesse un'imprudenza trasformandosi vicino al fienile. Inoltre, la menzione di un agente immobiliare dimostrava che Lori gli aveva dato davvero un motivo per agire in fretta con Renee. Erano anni che gli immobiliaristi assillavano Toliman perché vendesse, ma il vecchio aveva tenuto duro, soprattutto per via della mandria. Senza il ranch, non avrebbero più potuto *essere* una mandria.

Che Black sposasse Renee o trovasse un altro modo per convincerla a tenere la proprietà, doveva muoversi in fretta.

Un tonfo proveniente dal box in cui tenevano il grano e le scorte mediche attirò la sua attenzione. *Troppo forte per un gatto da fienile.* Si era forse intrufolato di nuovo uno dei puledri di un anno per rubare il grano? Alla lista delle preoccupazioni non mancava altro che un cavallo con le coliche. Quando piove, diluvia. Sospirò e afferrò la briglia più vicina prima di andare a controllare.

Dietro l'angolo, vicino agli scaffali delle scorte veterinarie, c'era un uomo di spalle alla porta. Il suo torso nudo mostrava le innumerevoli piccole cicatrici che la sua posizione di Stallone Capo gli aveva procurato, tra morsi e calci rimediati mentre lottava per il predominio.

«Zio Saul?»

L'uomo dai capelli scuri si voltò di scatto, tenendo in mano una garza insanguinata. Un livido violaceo gli macchiava lo zigomo.

«Che è successo?» Black avanzò.

«Ma no, sto bene. Lori mi ha mollato un colpo di zoccolo, tutto qui.» Aveva un problema al braccio destro e del sangue gli imbrattava le costole.

«Te l'ha fatto prima o dopo averti offerto come cavalcatura umana?» La rabbia bruciò in fondo alla gola di Black. I mutaforma offrivano tale onore solo a umani molto speciali. Come sua nonna e il vecchio Toliman. Avevano gestito il ranch insieme come se fossero una vecchia coppia sposata, e lei gli aveva spesso fatto da destriero. Ma quella era una sua scelta. Nemmeno la Giumenta Alfa aveva il diritto di costringere un altro membro della mandria a fare da cavalcatura.

«Questo non c'entra niente.» Sempre con riguardo per il braccio, Saul afferrò una camicia da uno dei pioli a muro e iniziò a indossarla.

«Aspetta. Lasciami dare un'occhiata.» Black si fece avanti per esaminare la lacerazione sulle costole dello zio. Il bordo affilato di uno zoccolo non ferrato aveva lasciato un taglio circondato da un'ecchimosi che poteva nascondere delle ossa rotte. «Come va la respirazione?»

«Guarirò.» La voce di Saul tradiva una nota di dolore che trapelava anche attraverso la sua rudezza.

Tendeva a esagerare con l'atteggiamento da maschio alfa, specialmente in forma umana. Dopo un decennio alla guida degli altri stalloni, la sua posizione era diventata per lui un punto d'orgoglio. «Devo solo andarci piano.»

«Sei lo Stallone Capo, non un castrone qualsiasi.» Black cercò uno spray antisettico sugli scaffali. «Non aveva alcun diritto di farti questo.»

«Ha beccato Grant nel canyon dopo aver detto a tutti di starne fuori. È partita all'attacco, come al solito. È solo un ragazzino, così mi sono messo in mezzo. Le cose si sono un po' scaldate.»

Black si rabbuiò. «Grant sta bene?»

Saul annuì seccamente.

«Perché tiene la mandria fuori dal canyon?» Il canyon offriva ombra e a volte pozze d'acqua o erba verde durante la siccità estiva. Era anche un bel posto per nascondersi dagli occhi dei turisti e permettere ai giovani mutaforma di imparare a padroneggiare la loro forma umana. Black si era goduto quella relativa solitudine molte volte nella sua forma di centauro.

«Dice che è terra maledetta da quando lì abbiamo perso sia Gloryanna sia il vecchio Toliman.»

«Capisco.» Black trovò il flacone e puntò l'ugello sulla ferita di Saul. Toliman stava cavalcando la nonna di Black — la madre di Saul — quando accadde l'incidente. Il rapporto ufficiale parlava di rocce ghiacciate e di un sentiero troppo vicino al ciglio che avevano fatto perdere l'equilibrio alla vecchia cavalla, facendo precipitare cavallo e cavaliere verso la morte. Lori dichiarò che era stata la vecchia giumenta a concedere al suo umano un'ultima cavalcata. Black faceva ancora fatica a credere che sua nonna sarebbe stata su quel sentiero in quelle condizioni.

Finì di pulire il sangue dal fianco di Saul e prese un kit per le suture. «Ti serviranno almeno un paio di punti.»

«No, va bene così.» Saul si infilò un braccio nella manica.

«Insisto.» Black fulminò suo zio con lo sguardo. «Potrai anche avere un rango più alto del mio al pascolo, ma qui dentro il veterinario sono io. Ti servono dei punti.»

Saul si fermò, i suoi occhi che si voltarono a incontrare quelli di Black. Dopo un battito di ciglia, abbassò lo sguardo in segno di assenso. Si sfilò la camicia e scoprì di nuovo il fianco. «Va bene, allora.»

Il battito cardiaco di Black rallentò un po'. Odiava queste lotte per la gerarchia. Avrebbe preferito un modo più democratico di interagire con i suoi simili. Ma gli istinti erano forti e le tradizioni difficili da superare. Tirò fuori un ago sterile e unì i lembi della pelle per iniziare il primo punto. «Zio Saul, hai mai sentito parlare di un tesoro sepolto da queste parti?»

Saul sussultò quando l'ago gli entrò nella pelle. «Tesoro sepolto? Tipo roba da pirati o giù di lì?»

«Non sono sicuro. Renee, la nipote di Toliman, ha detto che nel testamento c'era qualcosa su un tesoro sepolto.»

La risata di Saul costrinse Black a fermarsi per non rischiare di infilzarlo nel punto sbagliato. «Non credo che tua nonna se lo aspettasse.»

«Eh?»

«Toliman voleva parlare di noi a sua nipote, ma la ragazza non veniva mai a trovarlo. E conosci la nostra politica di non mettere per iscritto nulla della nostra storia. Gloryanna convinse i consiglieri della mandria a lasciargli inserire una poesiola carina nel testamento.»

«Quindi il tesoro è... la mandria?»

«Nascosto, non sepolto. E sì, direi proprio di sì.»

Black strinse il punto e lo annodò. «Allora Renee avrà una bella sorpresa.»

«Solo se ci scopre.»

«Se Toliman voleva che lei sapesse, dovremmo dirglielo.» Saul si voltò verso il nipote. «Lori vuole tenere gli umani fuori dagli affari della mandria.»

Black osservò l'occhio gonfio dello zio. «Tu sei a capo della mandria degli stalloni. Cosa ne pensi?»

Infilando la testa nella camicia, Saul grugnì. «Non importa cosa penso io. È una questione della mandria.»

Il sottinteso — che Black non fosse davvero parte della mandria e non potesse capire — gli diede una fitta. La promessa di Lori di dargli un posto nella gerarchia sembrava un sogno impossibile quando persino suo zio non riusciva ad accettarlo. Black sollevò l'ago. «Serve un altro punto.»

«Nemmeno per sogno, a meno che tu non voglia beccarti un calcio.» Detto questo, Saul uscì a grandi passi dalla porta.

Quella notte Renee e Steph fecero un falò, restando sveglie fino a tardi e bevendo fin troppa tequila. Scorse Black che osservava dalla porta del fienile, ma lui scelse di non unirsi a loro, e lei gliene fu grata. Non voleva condividerlo con Steph. Il giorno dopo avrebbe avuto tutto il tempo per flirtare con il suo cowboy.

Steph barcollò fino a letto, sbiascicando ed emozionata all'idea di lasciare Renee da sola. Renee si addormentò sognando cowboy e avventure che, per una volta, erano tutte sue. La mattina dopo si svegliò con i postumi di una sbronza terribile, ma riuscì a salutare Steph prima di tornare a letto barcollando. Verso mezzogiorno si svegliò di nuovo, improvvisamente consapevole di essere sola. Nessun altro avrebbe deciso dove andare o cosa fare. Dipendeva tutto da lei. Quella giornata sarebbe stata fantastica. Lo sapeva.

Saltando giù dal letto, si stiracchiò e sorrise, guardando dalla finestra del secondo piano le praterie ondulate. Le onde di calore facevano vibrare l'aria, dando alla giornata un'aria quasi irreale. Dopo una doccia, Renee indossò dei pantaloni capri leggeri e una canottiera a spalline sottili con una decorazione di nontiscordardimé e sandali abbinati. Si tamponò il viso, applicò un leggero strato di rossetto, poi uscì sotto il sole del pomeriggio per trovare il suo sexy cowboy. Flirtare con Black sembrava tutt'un altro territorio senza la presenza ingombrante di Steph.

Trovò Black di nuovo nel pascolo a lavorare all'irrigatore, questa volta con la camicia addosso. Lui alzò lo sguardo mentre lei attraversava il parcheggio di ghiaia. Sfoderà quello che sperava fosse un sorriso sfacciato, aprì il cancello ed entrò, facendo attenzione a dove metteva i piedi. Si era alzata una leggera brezza e il sole proiettava lunghe ombre dorate tra i ciuffi d'erba.

«Sono pronta per una cavalcata.» Subito si sentì un'idiota. *Smettila di sforzarti tanto.*

Lui la squadrò da capo a piedi con uno sguardo di apprezzamento, indugiando sul seno e sui fianchi in un modo che le accaldò la pelle già arrossata. La sua attenzione tornò ai suoi sandaletti con i lacci. «Hai intenzione di cavalcare con quelli?»

«Perché no? Sono carini, no?» Si fermò a pochi passi di distanza e mosse le dita dei piedi smaltate di rosso scintillante verso di lui. Sapeva che cavalcare con i sandali era una pessima idea, ma non stava cercando di fare colpo su un cavallo.

«Almeno non indossi quei tuoi *Daisy Dukes*.» Lui si alzò. «Non che mi dispiacerebbe sbavare sulle tue gambe. Ma sarebbe come cercare di proposito le irritazioni da sella. Dai, ho un paio di stivali di riserva nel fienile.»

Le posò una mano sicura sulla parte bassa della schiena e la condusse al fienile. Quel contatto sembrava attingere energia dalla sua mano, inviando formicolii sui fianchi e lungo la spina dorsale mentre camminavano. Si infilò in un box pieno di cianfrusaglie e riapparve con un paio di stivali da cowboy di pelle impolverati.

Con ogni nervo che protestava per la fine di quel contatto, lei squadrò le calzature. Steph aveva una regola sulla condivisione delle scarpe: trasmettevano i funghi delle unghie. Renee non sapeva se fosse vero, ma perché rischiare? «Non indosso stivali già usati.»

«Ti servono i tacchi per stare nelle staffe.» Le porse gli stivali.

Cosa avrebbe fatto se si fosse impuntata? In quel momento non le importava molto di cavalcare un cavallo. Cercando di essere carina, arricciò le labbra. «Ho un paio di tacchi a spillo in valigia. Potrei mettere quelli, se preferisci.»

I suoi occhi si strinsero e la sua bocca si piegò in un sorriso. «Quelli puoi metterli dopo con i tuoi Daisy Dukes.»

Lei arrossì, le gambe che le si facevano di gomma, la sensazione di subbuglio nel basso ventre che la distraeva. *Te la sei cercata.* Era bravo a metterle immagini in testa. Lei, con i tacchi a spillo, con la schiena contro il palo del fienile mentre lui le scostava il cavallo degli shorts per...

Le narici di Black si dilatarono appena e la sua espressione giocosa si fece più intensa. Lui avanzò e il cuore di lei accelerò i battiti, il suo odore di cuoio e fieno dolce che le riempiva i sensi. Il calore le inondò le mutandine. Indietreggiò di un passo, un ciuffo di fieno le si impigliò nel bordo del sandalo, facendola vacillare. Il braccio di lui scattò per sorreggerla. Una scossa nucleare di energia le percorse il braccio. Chiuse gli occhi e si appoggiò a lui, lasciando che la sensazione la travolgesse.

Con sua sorpresa, lui le mise gli stivali in mano e si allontanò. «Se vuoi cavalcare, devi mettere gli stivali.»

Riaprì gli occhi, lo sguardo fisso sulla pelle consumata che teneva in mano. «Anche solo per una cavalcata breve?»

«Volevi cercare un tesoro sepolto, quindi andiamo in campeggio.» Un altro ricordo di suo nonno affiorò, di notti passate a dormire sotto un cielo lattiginoso di stelle, con i grilli che la cullavano nel sonno. «È una vita che non vado in campeggio.»

«Ho già preparato tutta l'attrezzatura.» Si voltò verso la fila di box.

La sua eccitazione si trasformò in un nuovo tipo di anticipazione, il battito cardiaco accelerato che la faceva sentire stordita. «Sai dov'è il tesoro?»

«Ho qualche idea.» Schioccò la lingua e un muso scuro e maculato apparve sopra la porta del box. «Lei è Petunia. Oggi sarà la tua cavalcatura.»

Ripensando all'offerta precedente di Lori, lo stuzzicò: «Cavalcherò uno stallone in un attimo.»

Black si voltò lentamente verso di lei, gli occhi ridotti a fessure di mogano e un sorriso malizioso che gli incurvava le labbra. «Certo che lo farai. E mi assicurerò che tu sia ben pronta.»

Ogni pensiero razionale le evaporò dalla testa e si raccolse con intensità bruciante all'apice delle sue cosce. *Santo cielo, come ci riusciva?* Lei aveva passato tutto il giorno a fare allusioni da quattro soldi, e lui l'aveva spiazzata con una sola battuta fulminante. *Cosa farebbe Steph?* Allargò le gambe e sollevò il mento. «Questa decisione la prendo io.»

La sua voce si fece setosa, carica di promesse. «E come deciderai quale stallone cavalcare?»

Deglutì mentre lui avanzava, lo sguardo fisso nel suo. Il rigonfiamento nei suoi jeans le diceva che era pronto, anche se a lei tremavano le ginocchia. Quando la raggiunse, si fermò, gli occhi che le scivolavano sulle labbra, sulla gola, poi sul seno. Faceva fatica persino a respirare. Lui si spostò di lato, gli occhi che la divoravano. Mantenendo quel filo invisibile tra loro, le si mosse intorno, così vicino che poteva sentire il suo respiro sulla pelle. Lei tese il collo per seguirlo, mantenendo il resto del corpo immobile.

Il suo calore si fermò dietro di lei. Una mano le afferrò la nuca, le dita che si infilavano tra i capelli alla base del cranio. Premendo leggermente, le inclinò la testa di lato. Il respiro le scaldò il collo mentre lui le sfiorava la curva della spalla con il mento, tracciando un percorso con la bocca sulla sua carne sensibile. Si fermò, succhiando la curva tra il collo e la spalla. La schiena di lei si inarcò involontariamente, spingendo il sedere contro il suo cazzo turgido. Non aveva mai desiderato nessuno così tanto in tutta la sua vita.

Black la girò tra le sue braccia, tenendole ancora la nuca con una mano. L'altra si posò leggera sul suo fianco. Si abbassò per strofinarsi contro il suo orecchio, ogni sfregamento della sua barba ruvida che inviava rivoli di desiderio a tremare nel suo ventre.

Lei gemette in risposta. Perché le si stavano intorpidendo le gambe?

Black ridacchiò vicino al suo orecchio, il brontolio che vibrava attraverso il suo petto fino al di lei. La mano di lei era aperta tra le linee perfette dei suoi pettorali e il desiderio di sentire la sua pelle la travolse. Abbassò il palmo e lasciò che le sue dita scivolassero sotto l'orlo della camicia. Lui ebbe un sussulto, il respiro che gli uscì in un sibilo quando le dita di lei entrarono in contatto con la sua pelle. I suoi addominali erano come increspature di pietra, la sua pelle liscia e calda. Lasciò che le sue dita giocassero sulle creste finché non raggiunse il petto, fermandosi proprio sopra il suo cuore. Il battito che martellava sotto il suo palmo minacciava di scioglierle completamente le ginocchia.

Con un gemito, la lasciò andare, facendo un passo indietro, lo sguardo ardente agganciato al suo. «Dobbiamo muoverci se vogliamo accamparci prima del buio. Va' a preparare una borsa per la notte.»

L'interruzione del contatto le fece sembrare che tutta l'aria avesse lasciato la stanza. Si protese in avanti anche mentre lui si allontanava. Il suo palmo formicolava, ricordando il battito del cuore di lui. Capiva che lui stava facendo uno sforzo enorme per trattenersi. La sua erezione evidente le diceva che non aveva finito più di quanto non avesse fatto lei, eppure manteneva la distanza.

Renee si schiarì la gola. «E adesso chi è che provoca?»

Lui la guardò da sopra la spalla, i lineamenti in ombra per la tesa del cappello. «Oh, ti prometto che non sto stuzzicando. Ma preferirei non avere un pubblico. Partiamo tra cinque minuti.»

Pubblico? Si guardò intorno nel fienile, confusa. Non c'era nessuno in vista, nemmeno Petunia, che si era ritirata nel suo box. Solo uno splendido palomino biondo li stava osservando dal paddock esterno. Il cavallo agitò la coda, lo sguardo stranamente intenso, e Renee decise che in questo caso avrebbe potuto essere d'accordo con Black. Quel cavallo era bellissimo, ma le dava una strana inquietudine.

Distogliendo lo sguardo, Renee si diresse verso la casa per prendere lo spazzolino da denti.

Sei

Black tenne il suo castrone al fianco di Renee e Petunia ogni volta che il sentiero lo permetteva, mentre li guidava su per l'altopiano. La sensazione che Lori lo stesse osservando mentre cercava di sedurre Renee lo aveva innervosito, e si stava impegnando a fondo per lasciarsi alle spalle lo scrutinio della leader.

Davanti a loro, il sole era basso sull'orizzonte. Cavalcavano da quasi un'ora, salendo lungo un pendio graduale verso uno dei suoi posti preferiti per campeggiare. Renee voltò il capo per scrutare il paesaggio arido, la luce arancione del sole che le accendeva le punte dei capelli come fuoco. «Dov'è morto mio nonno?»

La domanda lo colse di sorpresa. Era stato in quel punto molte volte dopo l'incidente, cercando di immaginare come suo nonno avesse potuto cadere. Il sentiero era stretto, ma anche con Toliman in groppa non era pericoloso, e c'erano molti punti ampi per fermarsi e riposare. A volte si chiedeva se per qualche motivo stesse correndo. Verso qualcosa, o da qualcosa; probabilmente non l'avrebbe mai saputo con certezza. Schiarendosi la gola, indicò verso sinistra, in direzione del canyon. Non riusciva a vedere il dirupo scosceso, ma sapeva che era lì. «Laggiù.»

Lei tirò le redini, fermando Petunia. «Chi lo ha trovato?»

«Lori.» Lui si fermò qualche passo più avanti. «Il medico legale ha stabilito che è morto sul colpo. Nessuna sofferenza.» La sua voce gli suonò leggermente troppo tesa. Non c'era stata alcuna autopsia su Gloryanna. In qualità di veterinario del ranch, avrebbe potuto eseguire lui stesso l'esame post-mortem, ma non se l'era sentita di incidere quella giumenta già martoriata. E nessuno sembrava abbastanza preoccupato da chiederlo.

«Cosa stava facendo lì?» chiese lei.

«Qualcuno aveva detto che c'era un puledro di un anno bloccato a Pearson's Point. Lui e la mia... Gloryanna erano andati ad aiutare.»

«Gloryanna?» Renee si fece scudo agli occhi con la mano per proteggersi dal sole basso. «C'era qualcun altro con lui?»

«La sua cavalla. Era speciale per lui, una signora molto speciale per tutti noi.» Lo stomaco di Black si rivoltò a parlare di questo. Il branco aveva pianto la perdita della Giumenta Alfa a modo suo, radunandosi per una galoppata da est a ovest attraverso l'altopiano per seguire il sole. Lui aveva potuto unirsi a loro solo come cavaliere, non come corridore. Per quanto il ranch fosse isolato, i turisti percorrevano ancora un sentiero accidentato sulla cresta settentrionale della riserva per ammirare i cavalli selvaggi. I gestori governativi delle mandrie selvatiche venivano a contare i capi e a fare rastrellamenti. Persino gli aerei che sorvolavano la zona avrebbero potuto notare la figura deforme di un centauro. Di conseguenza, era costretto a unirsi al branco di notte, indugiando ai margini dei nuclei familiari mentre dormivano, scacciando ogni potenziale predatore.

Renee gli rivolse un dolce sorriso. «Sei molto simile a mio nonno, credo. Ami i cavalli.»

Lui si sistemò il cappello e guardò l'orizzonte. «Sono la mia vita.»

«Vorrei essere tornata a trovarlo.» La sua voce era acuta e leggera, come se stesse trattenendo le lacrime, e lui si rammaricò che fossero a cavallo, così da non poterle tendere la mano per confortarla.

«Sarebbe contento che tu sia qui ora, a prenderti cura dei suoi cavalli.»

Rimasero in silenzio per qualche minuto, guardando verso il canyon e lasciando che i cavalli strappassero boccate d'erba. Il sole dipingeva colori vivaci sull'orizzonte e la brezza serale portava un profumo polveroso e resinoso che solo una giornata calda poteva lasciare. Renee spinse avanti Petunia e la tensione abbandonò le spalle di Black. Non si era reso conto di quanto quella zona lo turbasse ancora.

Diresse i cavalli fuori dal sentiero, su per un dolce pendio che li avrebbe condotti a un punto protetto da pini gialli e da un gruppo di massi giganteschi attorno ai quali aveva giocato da bambino. Come se sentisse la fine del viaggio, Petunia prese il trotto, sballottando Renee in sella. «Quanto manca all'accampamento? Credo di avere il mal di sella.»

Lui rise. «Rimpiangi di non essere scappata con la tua amica?»

«Ho fatto delle cose folli, ma lanciarmi da un edificio con una tuta alare? No, grazie.»

«Per non parlare di tutta la faccenda di finire in prigione.» Il cuore gli ebbe un sussulto al pensiero di lei in prigione.

«Già, la prigione a Dubai non sembra una buona idea. Grazie per avermi difesa, a proposito.» Gli rivolse un sorriso smagliante.

«Sono un vero cavaliere dalla splendente armatura.» Si abbassò la tesa del cappello, poi indicò diverse figure scure che si stagliavano contro l'orizzonte. I suoi parenti selvaggi erano meno schivi dei mutaforma. «Cavalli selvaggi.»

«Sono tutti selvaggi qui fuori?»

«Praticamente. La tua terra confina con la Riserva. Possiamo accamparci proprio laggiù.» Fece un cenno con la testa verso un ammasso di rocce non molto lontano, dove aveva passato la notte molte volte.

Lei guidò Petunia in quella direzione. «Quanta parte di questo appartiene al ranch?»

«Circa centottanta acri. Tuo nonno si rifiutò di recintarli. Voleva che fossero lasciati aperti ai cavalli selvaggi.» *E al branco.* Moriva dalla voglia di dirglielo. Di mostrarglielo. Ma era intrappolato qui su questo castrone invece che sulle sue stesse gambe. La sua mente vagò a come sarebbe stato avere le gambe di lei strette forte contro il garrese del suo corpo da centauro, i suoi seni premuti contro le sue scapole nude mentre si teneva a lui da dietro. Il suo corpo umano formicolò per il desiderio di trasformarsi, e il castrone sotto di lui danzò di lato come se avvertisse un cambiamento imminente.

«Ehi, buono.» Usò la pressione delle ginocchia per calmare la creatura e represse la magia del mutaforma.

Petunia aveva continuato senza di lui, la testa che ondeggiava a tempo con il suo passo. Era una bestia senza molta fantasia, ma ottima per i cavalieri inesperti. Come Renee e il suo glorioso fondoschiena a cavalcioni del fortunato animale. Gli stivali che spuntavano dai suoi pinocchietti sembravano ridicoli, ma non glielo avrebbe detto dopo la lotta che avevano fatto per farglieli indossare. La curva delle sue spalle nude e del suo collo lo invitava a baciarla lì, a morderla dolcemente come fa un amante. A stringerle i fianchi contro di sé e a farla gemere mentre cavalcava il suo cazzo. Aveva un'intera notte con lei sotto le stelle davanti a sé. Dando un colpetto al castrone, la raggiunse e la superò al canter. Petunia conosceva la strada da lì.

Fermandosi accanto a un pino giallo, smontò, legò il castrone a uno dei rami e cominciò a disfare le borse da sella. Il cielo era diventato color lavanda sopra di loro, e raggi di luce filtravano attraverso i granelli di polvere sopra l'artemisia. Quando Renee arrivò, lui aveva steso una coperta da picnic e stappato una bottiglia di vino.

Allungò le mani per aiutarla a smontare, facendole scorrere una mano dal ginocchio, su per la coscia fino al fianco, terminando con una pacca sfacciata sul sedere. «Hai una bella monta.»

Lei gli sorrise dall'alto. «Sei tu l'esperto.»

«Proprio così.» Mantenne la mano sulla curva del suo sedere, sostenendo il contatto visivo come non avrebbe mai fatto con un membro del branco. Amava il fatto di non sentire il bisogno di distogliere lo sguardo, né di giocare al gioco della gerarchia.

Anzi, gli sembrava che lei lo stesse invitando a prendere il comando.

Renee fece una smorfia e passò la gamba sopra la sella. «Non ricordo che Cookies mi facesse venire tutto questo mal di sedere.»

Il suo sedere, che fluttuava all'altezza del suo viso, gli rese i jeans ancora più stretti, e tenne le mani sui suoi fianchi un po' più a lungo del necessario per aiutarla a scendere. Lei si girò nella sua presa, guardandolo dal basso con un sorriso malizioso. «Hai qualche rimedio da cowboy per me?»

Lui le scostò una ciocca di capelli dalla fronte, lasciando che la punta del dito le sfiorasse la curva dell'orecchio e scendesse lungo il lato del collo. «Temo che dovrai solo stringere i denti e aspettare che passi.»

Lei tremò sotto il suo tocco, chiudendo gli occhi e sollevando il mento in un invito. Per quanto desiderasse baciarla in quel momento, sapeva che era meglio non imboccare quella strada prima di aver montato l'accampamento. Voleva prendersi il suo tempo con lei, non armeggiare al buio con una tenda.

Le sfiorò le labbra con le sue in una carezza leggera come una piuma. «Che ne dici di cercare un po' di legna da ardere mentre io finisco di sistemare? Poi potremo parlare ancora dei miei rimedi da cowboy.»

Lei aprì gli occhi, le pupille che occupavano la maggior parte delle iridi, le labbra in un broncio scherzoso. «Lavoro, lavoro, lavoro.»

Lui fece un passo indietro e la lasciò passare, dandole una pacca leggera sulla chiappa. Lei emise un gridolino e fece un saltello in avanti. «Va bene, va bene. Legna da ardere.»

Si concesse un brevissimo momento per apprezzare il dondolio dei suoi fianchi prima di occuparsi di Petunia, grato che fosse un cavallo normale invece di un mutaforma.

Sette

Renee porse la bottiglia di vino per offrire a Black le ultime gocce. Era stata pronta a saltargli addosso per tutta la notte, ma lui sembrava volersela prendere con calma. Per assaporarla. L'attesa non faceva che renderla più ardente per lui. Ogni cosa, dal palmo premuto sulla parte bassa della sua schiena mentre si chinava per stendere il giaciglio al modo in cui lasciava che il suo sguardo rovente si soffermasse su di lei nella luce crepuscolare, le inumidiva le mutandine e le faceva salire il calore lungo le cosce.

Sollevò l'ultimo triangolo di sandwich con formaggio di capra e rucola. «Questo è più sofisticato di quanto immaginassi per un campeggio da cowboy.»

Lui scrutò il fuoco attraverso il contenuto del suo bicchiere di vino. «Alla facoltà di veterinaria dividevo la stanza con uno studente di cucina. Portava sempre a casa avanzi strani, e io ero uno studente affamato. Credo di averci preso gusto.»

«Sei andato a veterinaria? Quindi sei un veterinario?» Lo aveva considerato una creatura semplice, un sapore monodimensionale. Ma stava lentamente scoprendo che Black aveva molte sfaccettature. Forse era per quello che se la stava prendendo così comoda.

«Lo trovi difficile da credere?» Le sollevò un sopracciglio.

«No. Cioè, sì. Voglio dire...» Si leccò le labbra. «Per qualche ragione, non mi ero mai immaginata un cowboy veterinario prima d'ora. Pensavo che i veterinari fossero tutti dottoroni, con il camice bianco, lo stetoscopio e roba simile.» In realtà non aveva mai conosciuto un veterinario, per quanto potesse ricordare.

«Ho usato la mia buona dose di stetoscopi. Ma è un po' difficile mantenere pulito quel camice bianco quando stai pulendo le stalle dei cavalli.»

Lei rise. «Ma sei cresciuto qui al ranch?»

«Sono nato in città. Mia madre morì quando ero un neonato e mia nonna mi portò qui. Da allora, la chiamo casa.»

«Tua nonna è ancora vita?» Finora aveva incontrato solo Black, Lori e la governante, Émile, ma sapeva che c'erano circa una dozzina di dipendenti nel ranch, la maggior parte dei quali aveva lavorato per suo nonno per decenni.

Black scosse la testa, guardandosi in grembo. «È morta più o meno nello stesso periodo di tuo nonno.»

Renee sentì una fitta al cuore e prese fiato. Aveva calcato la mano sulla carta della pietà con un nonno deceduto e non sapeva nemmeno che la ferita di Black era altrettanto recente. Anzi, più recente, dato che sua nonna aveva effettivamente fatto parte della sua vita. «Mi dispiace... non me n'ero resa conto.»

Lui alzò lo sguardo, un mezzo sorriso che gli illuminava i lineamenti. «Mi ricordo di te da quando eri piccola, sai.»

«Davvero?» Cercò di riportare alla mente il suo viso tra i suoi ricordi. «Perché non mi ricordo di te?»

«Ero un adolescente presuntuoso.» Prese un sorso di vino e le fece l'occhiolino. «Troppo orgoglioso per parlare con una bambina di otto anni che voleva solo inseguire i gattini del fienile.»

«Oh!» Rise. «Non puoi essere così più grande di me!»

«Cinque o sei anni sono tanti a quell'età. Non così tanti adesso.» Appoggiò il bicchiere sulla coperta che condividevano. «Mi dispiacque quando tua madre se ne andò. Era buona con me.»

Renee sentì le lacrime pungerle gli occhi. «È successo così in fretta. Un minuto prima mi stava aiutando con i compiti, e un attimo dopo ero seduta a un funerale. Fu una cosa che mi confuse. Papà definì il suo cancro una maledizione.»

«Il cancro è una cosa malvagia.» I suoi occhi erano dolci alla luce del fuoco.

Lei serrò i denti, ricordando i deliri di suo padre contro le maledizioni malvagie, alla ricerca di chiunque, di qualsiasi cosa da incolpare per la morte di sua moglie. Da bambina terrorizzata, aveva creduto a quella frenesia e a quella paura. Ma più tardi cominciò a chiedersi se il vero male non fosse stata la morte della mamma, ma il modo in cui papà aveva lasciato che la perdita lo colpisse. «Tu credi nel male? Voglio dire... nel vero male?»

Black prese un respiro profondo e si sdraiò sulle coperte, fissando le stelle. «Senza voler essere banale, c'è un po' di malvagità in ognuno di noi.»

«Papà sosteneva che il cancro fosse la punizione per gli incantesimi malvagi del nonno.» Lo osservò attentamente per vedere cosa pensasse Black di quel tocco di misticismo.

Lui sbuffò. «Tuo nonno non aveva un briciolo di cattiveria.»

Lei inarcò un sopracciglio verso di lui. «Credevo che ci fosse un po' di malvagità in tutti noi.»

Lui si voltò a guardarla, allungando un braccio come un invito.

Le sue viscere fremettero, l'attesa che le ribolliva dentro per tutta la sera esplose dritta all'inguine. Eppure, lui se l'era presa così comoda che lei non voleva tuffarcisi a capofitto. Non ancora. Si sporse in avanti, sulle mani e sulle ginocchia, e si avvicinò a lui, fermandosi a guardarlo in faccia.

Lui le avvolse la mano attorno alle ginocchia sulla coperta, come un semicerchio protettivo. La sua voce era dolce quando disse: «Beh, se ne aveva, non l'ho mai visto. Era un brav'uomo. Posso dirti un segreto?»

Lei annuì. Voleva conoscere ogni cosa profonda e oscura che quest'uomo avesse a cuore. Per stringere le corde del cuore che le si erano avvolte attorno senza che nemmeno se ne accorgesse.

«Il tesoro di tuo nonno fa parte di questo ranch. Non puoi separare le due cose.»

La pelle d'oca le ricoprì la carne. Sussurrò: «Che cos'è?»

La sua mano si strinse contro il suo fianco. «I cavalli qui. I cavalli sono il tesoro.»

Lei si accigliò. «So che il nonno amava i suoi cavalli, ma come possono essere un tesoro sepolto?»

Gli occhi di Black si scurirono e lui lasciò la presa. «Ho detto troppo. Più di quanto mi sia permesso.»

«Permesso? Perché non ti è permesso?»

Lui distolse lo sguardo dal suo viso e lo rivolse alle stelle. «Torna al testamento. Leggilo attentamente. Rifletti prima di vendere il ranch. Questo è tutto quello che posso darti.»

Ma che diavolo stava succedendo? Lei e Black erano passati dallo scontrarsi per delle calzature a un desiderio ardente a una connessione che non riusciva neanche a spiegarsi nel corso di una sola serata. E ora c'era una sorta di strano segreto alla Nancy Drew. Che suo padre avesse ragione riguardo al voodoo black e agli incantesimi di mezzanotte? «Se c'è qualcosa di prezioso qui, perché non me l'ha semplicemente detto? Perché lasciare una poesia criptica?»

«Non posso dirlo con certezza. So solo che teneva a ognuno degli esseri viventi di questo ranch. Voleva che si prendessero cura di loro. Dovresti pensarci prima di prendere qualsiasi decisione.»

Le si gonfiò la gola, rendendole difficile parlare. Più tempo passava qui, meno voleva separarsi dalla sua eredità. E dal cowboy che ne faceva parte. Nonostante Black si stesse trattenendo in quel momento, Renee si sentiva più vicina a lui di quanto non si fosse mai sentita vicina a nessun essere umano dalla morte di sua madre.

«Non posso permettermelo.»

«Il ranch non ti costerà nulla», disse lui con serietà. «Ce la siamo sempre cavata.»

«È fantastico, ma ho bisogno di soldi.» Deglutì, pensando a quanto velocemente fosse sparito il fondo fiduciario che le aveva lasciato la mamma.

«Sei nei guai?» La sua mano si serrò sulla sua gamba.

«No», disse lei. «Sono solo... a corto di soldi. Queste avventure con Steph costano un sacco.»

Per qualche battito di cuore, lui la studiò, la luce del fuoco che vacillava sul suo viso. «Mi sembra che, in fondo, a te le avventure potrebbero anche non piacere.»

Lei arrossì. La conosceva a malapena, eppure sembrava in grado di leggerle l'anima. Ultimamente le avventure erano diventate un peso. Renee pensava sempre più spesso di stabilirsi in un posto. Vendere il ranch le avrebbe comprato qualche altro anno, ma poi?

Lui le mise una mano sulla spalla e la guidò a sdraiarsi accanto a sé, facendole appoggiare la guancia nell'incavo dove il suo pettorale incontrava la spalla. Avvolgendole un braccio dietro, adattò il suo corpo al suo e chiese: «Che lavoro fai, comunque?»

La domanda la imbarazzò. A venticinque anni, non aveva mai lavorato un giorno in vita sua. Il fondo fiduciario della mamma avrebbe dovuto prepararla per l'età adulta: pagarle gli studi, comprare una casa, qualsiasi cosa. Invece, l'aveva sperperato in cose come il parapendio, il nuoto in gabbie per squali e il tirarsi indietro dalla corsa dei tori non una, ma due volte. «Sono... tra un lavoro e l'altro.»

«Che cosa *vorresti* fare nella vita?» La punta delle sue dita le faceva un delizioso solletico lungo la schiena, rendendole difficile pensare.

«Mi piace cucinare.» Non che le sue avventure con Steph le lasciassero molto tempo per farlo. «E mi piace leggere.» Neanche per quello c'era molto tempo, a pensarci bene. «Una volta mi piaceva molto andare a cavallo.»

Lui si irrigidì. «Oggi non ti è piaciuto?»

Lei tracciò le creste del suo petto con la punta delle dita. «Oh, sì che mi è piaciuto. Anche se il mio fondoschiena potrebbe non essere d'accordo.»

Abbassando la mano per copparle il sedere, le parlò tra i capelli. «Devi solo riallenare i muscoli. Potrei aiutarti.»

Le braci che ardevano nel suo centro si infiammarono di nuovo. Il calore sembrava bruciare tutte le sue risposte argute. «Ne sono sicura.»

Lui inspirò a fondo il profumo dei suoi capelli. «Hai un odore delizioso», disse, con voce bassa e roca.

«Di cosa?» Il suo sguardo era fisso sul bozzo crescente nei suoi jeans.

Lui rotolò verso di lei, sollevandosi su un gomito per guardarla in faccia. «Di frutteti primaverili e di femmina passionale.»

Deglutendo, sollevò una mano per tracciare la linea della sua mascella barbuta. «È una bella combinazione.»

La mano libera di lui scivolò giù per la sua cassa toracica e sopra il suo fianco, fermandosi sul suo sesso. Lei inspirò bruscamente, la sua schiena che si inarcava contro il terreno duro. Il calore della sua mano attraverso i suoi pantaloni capri le fece inondare le mutandine di umidità. Lui fece scivolare un dito tra le sue cosce.

«Sento l'odore di quando mi vuoi.»

«Come adesso?» mormorò lei senza pensare, sollevandosi per incontrare la pressione di quel dito.

Avvicinando il viso al suo, lui le oscurò la luce delle stelle, catturando le sue labbra. Non fu un bacio dolce o interrogativo. Fu esigente. Duro e concentrato. Brividi le percorsero la pelle mentre lui spingeva la lingua tra le sue labbra e la reclamava. Le sue dita mantenevano la pressione contro il suo sesso e il peso del suo corpo su di lei sopraffece i suoi sensi. Voleva questo, voleva lui. Niente più scherzi questa volta. Voleva ogni centimetro di lui.

Armeggiò alla sua vita cercando l'ardiglione della sua cintura. Dio, era così imbranata in questo. Quando era stata l'ultima volta che aveva fatto sesso, comunque? Non importava. Voleva quest'uomo, e lo voleva adesso.

Lui emise un suono basso e sexy in fondo alla gola e la lasciò armeggiare ancora un momento prima di allungare la mano e slacciare la cintura. Lei gli tirò giù la cerniera e infilò la punta delle dita nella fessura, localizzando la testa solida e arrotondata del suo cazzo. Lui emise un altro gemito sommesso e le mordicchiò il labbro inferiore. I suoi addominali si irrigidirono mentre si spingeva i pantaloni giù per le cosce.

Lui si accostò a lei, e la durezza della sua erezione minacciò di bruciare il sottile materiale dei suoi pantaloni capri. Coppandole la nuca con una mano, usò l'altra per trascinare la sua vita contro la sua. La sua lingua le accarezzava la bocca ritmicamente, portando il bacio a nuove vette di piacere. Le passò la mano sulle costole, trascinando con sé il tessuto sottile della sua canottiera. Lei alzò le braccia sopra la testa in modo che lui potesse sfilarle l'indumento. Lui gettò il fragile tessuto da qualche parte nell'oscurità e poi tornò su di lei, baciandola mentre allungava la mano per slacciare la chiusura del suo reggiseno.

L'aria fresca della notte le indurì i capezzoli, seguita dal calore umido e bollente della sua bocca. Prima che potesse espirare, lui le aveva slacciato la vita dei pantaloni capri e stava sfilando sia quelli che le mutandine giù per le gambe, mentre lei scalciava via il tessuto con i piedi nudi. Rimase lì, nuda alla luce del fuoco, lui in ginocchio sopra di lei, mentre la guardava, bevendo il suo corpo con gli occhi. I suoi jeans pendevano a metà delle cosce, permettendo alla sua massiccia erezione di liberarsi, ma il resto di lui era ancora coperto, il che sembrava sbagliato in quella gloriosa serata dal profumo di sesso. Renee si mise a sedere di scatto, spingendo la sua maglietta su per il torso. I suoi palmi sfiorarono le dure creste dei suoi muscoli prima che lui allungasse la mano e afferrasse l'orlo, quasi strappando il tessuto dal suo corpo prima di scagliarlo nella notte a raggiungere la sua canottiera e i suoi pantaloni capri.

Lui l'afferrò e la gettò di nuovo sulle coperte, una mano sotto i suoi fianchi. Lei gli avvolse le gambe intorno, spingendolo più vicino. La bocca di lui trovò di nuovo la sua, succhiandole il respiro con il suo bacio appassionato. Lui strusciò i fianchi, colpendola esattamente nel punto giusto, la sua erezione che rotolava contro le sue pieghe umide e lasciandola tremante.

Anche il suo corpo stava tremando ora, un rumore basso che vibrava in fondo alla sua gola. Le afferrò i polsi con una mano e glieli spinse sopra la testa, mordicchiando e baciando giù per la gola fino all'incavo del collo e della spalla. Dio, che uomo energico e sexy.

Le braci morenti del fuoco proiettavano ombre nelle tenebre. Black si sollevò in una posizione da flessione sopra di lei, permettendole di ammirare il suo corpo incredibile, la sua forza incredibile. Il petto ansimante di passione, profonde scanalature che delineavano ogni muscolo. I suoi occhi sembravano avere un bagliore quasi ferino. Trascinò il suo sguardo affamato dal suo e tracciò il percorso quasi tangibilmente sulle sue labbra, giù per la gola, fino alle vette elettrizzate dei suoi capezzoli. La testa del suo cazzo premeva direttamente contro la sua apertura, solo quel tanto da stuzzicarla con la sua circonferenza.

Lei emise un mormorio incomprensibile, inarcando la schiena, cercando di prenderlo dentro di sé.

Con una lentezza esasperante lui la penetrò, millimetro dopo millimetro, stirandola.

«Cavalca», gemette lei, troppo tremante per urlare. Poi più forte: «Con forza!»

Il suono sexy nella sua gola vibrò più forte e lui si spinse verso il basso, seppellendosi, schiacciandosi contro di lei. Lei si impennò contro di lui, desiderando una seconda spinta. Lui mantenne lo strusciamento, la sua mano che teneva ancora le sue intrappolate sopra la testa. Lei si contorse sotto di lui, facendosi impazzire. Quando cercò il suo viso, ci trovò un sorrisetto. Il cowboy birichino la stava stuzzicando, la stava tormentando. E a lei piaceva. Adorava essere alla sua mercé.

«Ancora», disse lei con un soffio.

Lui si ritrasse solo per penetrarla di nuovo superficialmente, un altro tipo di stuzzicamento, un altro tipo di piacere. «Dimmi cosa vuoi.»

«Te. Ti prego. Tutto te. Dammi tutto.»

Black si spinse in avanti, con forza e in profondità, e lei gridò di piacere. Oh Dio, era perfetto. Così giusto, e lui scivolava dentro e fuori di lei con forza e velocità. Le martellava il clitoride con un'abilità straziante, ancora e ancora, riempiendola di un formicolio che non provava da tanto tempo.

Lui le lasciò i polsi e si abbassò contro di lei, carne contro carne, pancia contro pancia. I suoi muscoli duri scivolarono contro la sua pelle e l'attrito aggiungeva un altro strato di sensazione. Il sesso era mai stato così? Un bisogno disperato di andare oltre, più veloce, più in profondità. Di avvolgere ogni pezzetto di lui, non solo il suo cazzo.

Qualcosa sbocciò nel suo petto, irradiandosi verso l'esterno come un'onda luminosa. Era mistico. Era unico. Come se ogni cellula del suo corpo si fosse risvegliata all'istante e ogni pompata del suo cazzo facesse salire l'onda sempre più in alto.

Lui le allargò le gambe, spingendo dentro di lei, martellandola, e lei era pronta. L'onda raggiunse l'apice e lei non aveva alcun controllo su ciò che stava accadendo. Gridò e gli afferrò la nuca, aggrappandosi a lui per la vita. La vibrazione profonda nella sua gola eruppe in qualcosa di primordiale e selvaggio. Il suono le contrasse il centro attorno all'orgasmo che la stava squarciando, la mandò in un'esplosione di piacere che quasi le fece perdere conoscenza. Black seppellì il viso contro il suo collo, i denti contro la sua pelle mentre la speronava e la cavalcava, ogni muscolo teso. Ondate pulsanti le inviarono una seconda ondata di piacere mentre lui le sparava dentro il suo calore. Si impennò e si inarcò un'ultima volta, riempiendola di un piacere al limite del dolore mentre un calore inondante si svuotava dentro di lei.

Crollò sopra di lei, il peso quasi tutti sui gomiti mentre il suo cazzo pulsava a tempo con le sue stesse scosse di assestamento. Appoggiando la fronte contro la sua, la abbracciò strettamente. «Cosa è appena successo?» chiese lui.

Riusciva a malapena a riprendere fiato. «Non hai mai avuto un orgasmo così, prima d'ora?»

Lui si ritrasse appena per guardarla negli occhi. «Stai dicendo che per te è così, ogni volta?»

Se la sua pelle accaldata avesse potuto arrossire ancora di più, l'avrebbe fatto. Ma aveva ragione. Due persone non potevano essere più vicine di quanto lo fossero in quel momento, unite ai fianchi, lui sepolto in profondità dentro di lei. Eppure, sembrava che avessero appena condiviso di più. Sembrava che le loro anime si fossero incontrate.

Black rotolò su un fianco, portandola con sé. Lei si rannicchiò nel suo calore, sorpresa di quanto fredda sentisse l'aria notturna sulla pelle. «Io non... So di fare la spavalda, ma non vado a letto con chiunque. Quello che abbiamo appena fatto è stato... non so cosa sia stato. È stato speciale.»

«Non è giusto», disse lui, il cuore che gli batteva troppo veloce sotto la guancia di lei.

«Cosa non lo è?»

Lui deglutì udibilmente. «Le relazioni.»

Renee si mise a sedere, il suo battito cardiaco che corrispondeva al suo. Era quello che era? Avevano una relazione? Se doveva essere onesta, si sentiva più vulnerabile ora di quanto non si fosse mai sentita in vita sua. Il suo flirt giocoso si era trasformato in qualcosa di più profondo di quanto si fosse aspettata. Lo desiderava per qualcosa di più del semplice sesso. Si erano connessi a un livello che non aveva mai creduto possibile. Il suo tocco la faceva sentire di nuovo viva. Non era semplicemente l'ombra di qualcun altro in attesa che quel qualcuno facesse la mossa successiva per poterla seguire. Quest'uomo la faceva sentire grande. Come se capisse cosa significasse aver bisogno di integrarsi, a qualunque costo, e non si aspettava che lei si comportasse come qualcun altro per piacergli.

Si coprì il seno, improvvisamente a disagio sotto il suo sguardo, combattendo la sensazione che provava nel profondo. *Riprenditi, Renee. Non è che abbia detto di amarti.* Eppure, come doveva rispondere?

Prima che potesse formulare le parole, Black si mise seduto di scatto. La sua attenzione sembrava concentrata sull'oscurità fuori dall'accampamento, come se avesse sentito qualcosa.

«Cosa c'è?» chiese lei.

Poi un urlo di donna squarciò la notte.

Otto

Black fu in piedi in un istante, con le orecchie tese. Aveva sentito i cavalli agitarsi a disagio, ma aveva ignorato la cosa. Ora avrebbe voluto prendersi a calci per essere diventato così negligente. Per essersi perso così completamente in quel sesso da capogiro. Si chinò per aiutare Renee ad alzarsi.

Lei si alzò, stringendosi a lui, e il suo dolce profumo si mescolò con l'aria notturna. La sua voce tremò. «Era una donna?»

«Un puma.» Stringendola in un abbraccio rassicurante, la lasciò andare e si mosse per ravvivare il fuoco. «Non si avvicinerà al fuoco.»

Renee si affrettò a cercare i suoi vestiti, infilandosi la canottiera dalla testa. Black frugò nel loro equipaggiamento e tirò fuori la sua calibro .45, quella che portava per protezione. Aveva dovuto usarla solo una volta prima di allora, per allontanare un orso che si era avvicinato troppo al fienile. «È meglio che porti dentro i cavalli.»

Mentre allungava la mano verso i jeans, i nitriti terrorizzati della mandria selvatica squarciarono la notte. Il caratteristico grido acuto di una puledra fece tremare le membra di Black. *No.* Mandria di mutaforma o fratelli selvaggi, non importava: sentiva un bisogno impellente di proteggere, specialmente i piccoli.

Spinse la pistola verso Renee. «Sai usare una pistola?»

Lei fissò l'arma come se potesse morderla. «N-no.»

Tenendo ancora la pistola, si girò verso le grida della mandria. La sua forma da centauro stava forzando i limiti del suo controllo, recalcitrando per essere liberata. Prese Renee per una spalla e la girò verso le fiamme, pensando fugacemente di lasciare la pistola. *Meglio di no.* Una pistola in mani inesperte poteva essere più un pericolo che un aiuto. «Qui sarai al sicuro. Tieni alte le fiamme. Torno subito.»

«Aspetta! Esci nudo?»

Il potere della trasformazione vibrò in modo incontrollabile dentro di lui. Gridò alle sue spalle: «Starò bene!»

Balzando fuori dall'accampamento, trattenne il cambiamento finché non fu lontano dalla luce del fuoco. Non poteva permettere a Renee di vederlo, non solo perché Lori glielo proibiva, ma anche perché non era pronto a mostrarsi. Avrebbe pensato che fosse un mostro.

Il felino selvatico gridò di nuovo, con l'eco che si affievoliva nel nulla mentre dava la caccia alla sua preda. La trasformazione di Black gli prese i muscoli e le ossa, dividendogli le gambe e spingendo all'indietro la spina dorsale che si allungava. Si fermò solo il tempo necessario a stabilizzare il suo nuovo appoggio, poi galoppò attraverso l'artemisia illuminata dalla luna, con gli zoccoli che tuonavano contro il terreno asciutto. Il sangue gli ribolliva per il bisogno di proteggere. Lasciò che le orecchie lo guidassero. Il felino selvatico era diventato silenzioso. Aveva colpito nel segno.

Dirigendosi verso quella sacca di silenzio innaturale, Black galoppò in avanti. Il cielo delineava diversi cavalli nella luce delle stelle. La familiare schiena curva di Millie si trovava al margine esterno, coraggiosamente rivolta verso la notte. Aveva presunto che il gruppo vicino fosse una mandria di cugini selvatici. Se avesse saputo che erano mutaforma, forse non si sarebbe accampato così prontamente nelle vicinanze.

Millie nitrì nella sua direzione, chiedendo aiuto. Si avvicinò, scrutando il gruppo. La piccola di Millie non si vedeva da nessuna parte. «Dov'è Ivy-Jane?»

La giumenta nitrì di nuovo, saltellando ansiosamente sugli zoccoli anteriori. Se non fosse stato più pericoloso essere in forma umana, probabilmente si sarebbe ritrasformata. Ma un umano nudo sarebbe stato appetitoso per un puma quanto un'indifesa puledra. Scacciò dalla mente i pensieri su Renee, sola all'accampamento. Il fuoco l'avrebbe tenuta al sicuro. In quel momento doveva trovare Ivy-Jane. Com'era riuscita la puledra a separarsi dalla madre?

Strinse la pistola nella mano destra, grato per quella protezione in più. Il suo sangue di centauro comandava ogni nervo del suo corpo, sembrando conferire ai suoi sensi un potere extra mentre scrutava la notte.

Un guaito terrorizzato spaccò l'oscurità dalla direzione dell'accampamento. Doveva aver superato Ivy-Jane mentre andava verso la mandria. Girandosi, saltò sopra un alto cespuglio di artemisia e si precipitò verso le grida, aggiungendo la propria voce alla notte nella speranza di allontanare il predatore. «Ivy-Jane!»

Le grida pietose della puledra si fecero più forti mentre si avvicinava. Un fruscio frenetico di rami alla sua destra rallentò la sua avanzata. In una fossa buia accanto alle rocce, la piccola puledra si dibatteva in un groviglio di sterpi. In cima al masso più vicino, un paio di occhi felini luminosi catturarono la luce della luna e Black riuscì a distinguere le spalle curve di un grosso felino contro il cielo notturno. Alzò la pistola, sforzandosi di mirare nell'oscurità.

E poi un bagliore di fuoco girò intorno alla roccia.

Con un singolo pezzo di legna da ardere tenuto alto sopra la testa, Renee passò furtivamente accanto al leone senza nemmeno vederlo. Il leone spostò lo sguardo sulla donna indifesa e il petto di

Black sembrò sul punto di esplodere. «Renee, attenta!»

Lei si girò di scatto, fronteggiando la roccia, il viso una maschera di terrore nella luce tremolante della sua torcia improvvisata. Un urlo feroce quanto quello del felino selvatico le squarciò la gola e spinse la torcia verso l'alto, verso la bestia raggomitolata.

Il felino si ritrasse, con una zampa tesa come per respingere l'attacco. Poi si girò e saltò giù dal lato opposto della roccia, scomparendo nella notte.

L'istinto protettivo di Black lo spronò. Raggiunse il fianco di Renee senza pensare. «Stai bene? Ti avevo detto di restare vicino al fuoco!»

Lei barcollò indietro di qualche passo, guardandolo dal basso. La sua bocca era un cerchio perfetto di sbigottimento mentre il suo sguardo percorreva il suo petto e si posava sui suoi fianchi ansimanti.

Il calore gli inondò la pelle quando capì cosa vedeva. Un mostro. *Lui* come un mostro. Stringendo i denti, Black represse le sue emozioni. Non c'era modo di rimediare al danno. Avrebbe affrontato le ripercussioni più tardi. In quel momento doveva tenere sia Renee sia Ivy-Jane lontane dalle fauci del puma. Spinse la pistola nella mano di Renee. «Tieni.» Tuffandosi tra i rami nodosi che intrappolavano la puledra, spezzò i rami e si aprì un varco tra le foglie. «Va tutto bene, piccola. Sono qui. Stai bene.»

Raggiunse la cavallina e si inginocchiò per farle scivolare le braccia sotto la pancia, districando le sue lunghe zampe dai rami che la stringevano. Uscendo dal groviglio di fogliame, fu sollevato nel vedere Renee ancora in attesa, la sua torcia improvvisata che tremolava fino a diventare un tizzone rosso ardente. Mise in piedi Ivy-Jane, ma la puledra gridò e crollò immediatamente.

A Black si rivoltò lo stomaco. «Temo che abbia una zampa rotta.»

«Cosa facciamo?» La voce di Renee si spezzò e vacillò, e i suoi occhi si fissarono sulla puledra. Almeno non stava andando completamente nel panico.

Doveva riportare tutti al fuoco prima che il puma riprendesse coraggio, e il modo più veloce per farlo era portarli in braccio. Si inginocchiò per prendere di nuovo la puledra tra le braccia e lanciò un'occhiata di sbieco a Renee. Non aveva mai portato nessuno in groppa prima, ma quanto poteva essere difficile? «Su, sali.»

Anche nell'oscurità, poteva sentire il peso del suo sguardo scioccato. «Co-cosa?»

«Quel felino potrebbe tornare da un momento all'altro, e ho due pasti facili a mio carico. Ora sali.»

Per un momento, sembrò indecisa. Poi lasciò cadere la torcia e la spense nella terra, infilandola a fondo per assicurarsi che fosse estinta. Spostando la pistola nella mano destra, usò la sinistra per appoggiarsi alla sua spalla e scavalcò con una gamba la sua schiena. Mentre il suo peso si posava sulla sua spina dorsale, la sua pelle fremette in uno strano tipo di piacere. Ma non aveva tempo di pensarci in quel momento.

«Pronta?» le chiese.

La sentì annuire e si rialzò di scatto.

Renee si aggrappò alle spalle di Black e si concentrò sull'uomo di fronte a lei piuttosto che sul cavallo sotto di lei. Che diavolo era? Ripensò al suo semestre di mitologia greca al liceo. Un satiro? No, le sembrava di ricordare che quello fosse un uomo-capra. *Centauro*. Ecco cos'era. Strinse le ginocchia contro i suoi fianchi mentre lui trottava verso l'accampamento. La cavalcata fu meno brusca di quella su Petunia, e non sapeva se fosse perché lui si era sforzato per lei, o se i centauri avessero semplicemente un'andatura più fluida.

Centauro. Come poteva essere possibile una cosa del genere? Le attraversò la mente il pensiero che forse l'aveva portata in campeggio e aveva drogato il vino o qualcosa del genere. Doveva essere vittima di una vivida allucinazione. Ma la sua spalla sotto la mano, per non parlare dei suoi fianchi muscolosi ora tra le sue gambe, le sembrava molto reale.

E c'era un altro pensiero. Tra le sue gambe. Aveva appena fatto sesso con quest'uomo, questa creatura. Un uomo con uno stallone come alter ego. E come poteva essere un uomo un minuto e un centauro quello dopo?

Raggiunsero l'accampamento e Black adagiò la puledra accanto al fuoco. La povera piccola si raggomitolò e chiuse gli occhi, ovviamente esausta. Ancora una volta Black si inginocchiò, la testa china mentre aspettava che Renee smontasse. Lei scivolò giù, rompendo il contatto con riluttanza, nonostante la sua confusione.

Black non è umano. Il concetto le fece tremare le gambe. Ma la magnifica creatura inginocchiata davanti a lei era reale.

Non capiva niente di tutto ciò. Ma le piaceva Black. Era sexy, protettivo e... davvero bravo a letto. Completamente a corto di idee su come affrontare tutto quello che era appena successo, Renee disse: «Be', questa serata è stata... eccitante.»

Con il petto ansimante per lo sforzo di aver portato sia lei sia la puledra, lui sbottò: «Perché non sei rimasta dove ti avevo chiesto?»

«I cavalli sono scappati.» Indicò l'oscurità, col cuore che le batteva all'impazzata ricordando il fragore degli zoccoli che proveniva dal buio. «Sono corsi attraverso il nostro accampamento e mi sono quasi finiti addosso. E poi ho sentito quella che si è rivelata essere Ivy-Jane, che piangeva come per chiedere aiuto. Hai detto che al puma non piaceva il fuoco, quindi ho pensato che forse avrei potuto spaventarlo e salvare quello che sembrava un cucciolo.»

Lui si rialzò di scatto, gli zoccoli che battevano sulla terra con intensità decisa mentre si girava per affrontarla. «Avresti potuto farti ammazzare, Renee.»

Lei drizzò le spalle, il sangue che le ribolliva. Come osava arrabbiarsi con *lei*? «Ero preoccupata per te. Sei corso là fuori tutto solo! Come potevo sapere che avevi un superpotere segreto?»

Lui interruppe la sua avanzata, la bocca che si contraeva come se stesse reprimendo un sorriso. «Superpotere segreto?»

Lei agitò una mano per indicare le sue gambe snelle. «Come lo chiami? Non sapevo nemmeno che esistesse una cosa come un centauro-cavallo-mutaforma o come vi chiamate. Ho sentito parlare di lupi mannari, ma un cavallo-mannaro? È questo che sei?»

I suoi occhi danzavano divertiti e la sua bocca sembrava un po' meno mesta. «Non esattamente. Ma esistono mutaforma cavalli. E non avrei dovuto lasciartelo vedere.»

«Be', non me l'hai detto tu, no?» Fece un gesto ampio, dicendogli di guardarsi.

Black scoppiò in una risata rassegnata.

La sua irritazione diminuì di un pizzico. Era sexy quando rideva. «Ce ne sono altri come voi?»

Serrò le labbra e distolse lo sguardo.

Ha detto che non può parlarne. Si chiese perché, ma non insistette. Cosa ne sapeva della magia o di qualunque cosa fosse che gli permetteva di fare questo, di essere questa creatura mitica? Forse si sarebbe trasformato in un mucchio di cenere se ne avesse parlato. Il suo sguardo si posò sulla puledra esausta. «Starà bene?»

«Non lo so.» Si spostò a disagio.

«Beh, non sei un veterinario o qualcosa del genere? Non riesci a capirlo?»

«Devo esaminarla più da vicino, ma è difficile in questa forma.»

Lei si accigliò, confusa. «Non puoi ritrasformarti?»

«Io... posso. È solo che... non mi trasformo davanti alla gente. Nemmeno davanti alla mia mandria.»

«Oh.» Per qualche motivo quell'affermazione la ferì. Avevano appena fatto l'amore più appassionato e intenso che avesse mai provato in vita sua, e ora lui non voleva mostrarle questa parte di sé? «Posso girarmi di schiena.»

Si girò di scatto, incrociando le braccia e fissando l'oscurità, il cuore che le si raggrinziva un po' per il modo in cui lui la escludeva. Non avrebbe dovuto importarle. Era solo sesso, giusto? Ma aveva creduto che Black la stesse facendo entrare e, accettandolo, era diventata vulnerabile a sua volta. La testa le diceva di lasciar perdere, ma il suo cuore voleva aggrapparsi a lui, come se avesse trovato un compagno perfetto in un uomo di una... specie diversa? Era una cosa accettabile? Non era umano. Poteva funzionare una cosa del genere? La sua vagina sembrava certamente pensarla così. Stupida vagina.

Una mano calda le afferrò la spalla e la fece girare per affrontarlo. Era ancora una creatura a quattro zampe, che la sovrastava con quel petto sexy e sudato tutto luccicante alla luce del fuoco. Si leccò le labbra, il petto stretto da pensieri ansiosi. «Pensavo che ti saresti trasformato... mutato... o come lo chiami?»

Nastri di polvere ed elettricità la circondarono, pungendole gli occhi e pizzicandole la pelle come un fulmine in procinto di colpire. Alzò una mano per proteggersi. Attraverso la sua visione lacrimosa, l'ombra contro il fuoco si ridusse dall'enorme altezza equina a quella umana, solo leggermente meno imponente, di Black. Si strofinò gli occhi con il dorso dei polsi e si ritrovò a guardare un Black nudo come un verme, in piedi di fronte a lei, con gli occhi che scintillavano alla luce del fuoco.

Il guscio indurito che stava costruendo intorno al suo cuore si sbriciolò. L'aveva fatta entrare, dopotutto. Le aveva mostrato ciò che sosteneva di non mostrare a nessuno, nemmeno alla sua stessa specie. Le veniva da ridere. Le veniva da piangere. Le veniva voglia di battere i pugni contro di lui con abbandono impotente. Impotente perché non si era mai sentita così vicina, così vulnerabile a nessuno in vita sua.

Black si girò, la sua attenzione ora sulla puledra ferita. Lei lasciò che il suo sguardo indugiasse sulla sua schiena nuda. Prendendosi cura dell'indifesa puledra, sembrava così sicuro, così potente e fiducioso, così bello insieme. Poteva quasi convincersi che il centauro fosse stato un'allucinazione. Come poteva essere reale? L'unica spiegazione era la magia, e lei non aveva mai creduto nella magia. Anzi, l'aveva rifiutata, lasciandola ai vaneggiamenti di suo padre.

Tutto quello che sapeva del mondo si era appena scontrato, lasciandola stordita e confusa.

Renee si mosse verso le fiamme, pensando che almeno avrebbe potuto dare una mano con la puledra. Il suono di zoccoli nell'oscurità la fece nuovamente fermare di colpo. Lo zoccolio cessò e due figure ombrose emersero nella luce tremolante del fuoco. Un uomo leggermente più anziano con occhi profondi color mezzanotte e tatuaggi su entrambe le braccia, e Lori, con i capelli biondi spettinati come se fosse appena tornata da un giro sfrenato in una decappottabile. Entrambi erano completamente nudi.

Lo sguardo di Renee passò da Black ai nuovi arrivati. Questo significava che anche Lori era una mutaforma-centauro? Quanti ce n'erano?

Black si alzò per affrontare Lori. «Non le ho detto nulla.»

La bionda sorrise e scosse la testa, alzando le mani con i palmi rivolti verso l'esterno come per calmarlo. «Certo che no, Black. Ma ormai il gatto è uscito dal sacco, no?»

Lui si mosse verso Renee, mettendosi tra lei e i visitatori. «Suo nonno sapeva e ha mantenuto il nostro segreto. Dalle una possibilità.»

Renee scosse la testa. «Il nonno sapeva? Tutti al ranch sono centauri?»

Lori emise una bassa risatina, i suoi seni troppo prosperosi che sobbalzavano al suono. «Certo che no, tesoro. Solo Black qui è gravato da quella deformità. Il resto di noi sono purosangue fino al midollo.»

«Deformità?» La mente di Renee era in subbuglio. «A me sembrava piuttosto magnifico.»

«Lascia perdere, Renee.» Black tenne gli occhi su Lori e l'altro uomo. «Possiamo parlare di tutto questo più tardi. Ivy-Jane è ferita. Devo portarla al ranch dove posso prendermi cura di lei.»

«Allora vai. La sopravvivenza del più forte, dicono.» Lo sguardo di Lori non era su Black o sulla puledra. Era su Renee.

Un brivido di ghiaccio risalì la schiena di Renee.

Lo strano uomo entrò con grazia nel cerchio di luce del fuoco. Qualcosa in lui le ricordava Black. La luce colpì i suoi occhi con un bagliore riflettente che rafforzava l'idea che quelle persone non fossero umane. La sua voce era roca, le narici dilatate. «Porterò io l'umana per te, Black.»

Dietro di lui, un'espressione di fastidio attraversò lo sguardo di Lori. Poi il suo sorrisetto tornò. «Sapevo che avrei fatto di te una cavalcatura, Saul. Vai, allora.»

I muscoli della mascella di Black si contrassero visibilmente alla luce del fuoco e Renee arrossì, ricordando l'offerta di Lori di sellare uno stallone quel pomeriggio. «Questo è Saul? Lo stallone che non volevi che cavalcassi?»

Lanciandole un'occhiata di scusa, Black disse: «Saul è mio zio. Si prenderà cura di te.»

Renee inarcò le sopracciglia. «Poco fa non sembravi pensarla così.»

«Adesso è diverso», disse Black.

«In che senso?»

Saul incrociò le braccia, i bagliori arancioni che luccicavano sulle linee dure dei muscoli. Quel tipo era costruito come una fortezza. «Beh, lei puzza di sesso, per prima cosa. Sesso con mio nipote. Non ho intenzione di toccare quella roba.»

L'orrore riempì la mente di Renee. Primo, che puzzasse di sesso. Secondo, che sembrava esserci una sorta di agenda non detta tra questa gente-cavallo. Perché Lori le aveva offerto di sellare Saul poco prima? «Posso dire la mia in tutto questo?» Lori arricciò le labbra in una specie di presa in giro maliziosa. «A meno che tu non voglia restare indietro e affrontare il leone da sola, tesoro, ti suggerisco di cavalcare qualsiasi stallone sia disposto a mettersi tra le tue gambe.»

Il cuore di Renee minacciava di uscirle dal petto per quanto batteva forte. Lori la innervosiva. Ma, d'altra parte, cavalcare uno strano stallone mutaforma non le sembrava molto meglio. Che cosa doveva fare? Le loro cavalcature erano fuggite e non aveva idea di come tornare da sola, per di più al buio. «Ivy-Jane può aspettare fino a domani mattina?»

Black scosse la testa. «Ha bisogno di cure mediche.»

Un'occhiata alla puledra disse a Renee che era vero. I fianchi color isabella della piccola cavalla tremavano nonostante la notte calda e il calore del fuoco. Renee fece un respiro profondo. «Va bene, Saul. Mostri cosa sa fare.»

Nove

Dopo aver messo a terra Renee appena fuori dal fienile, i mutaforma erano sembrati quasi dimenticarsi di lei, affrettandosi a occuparsi del puledro. Lei era sgattaiolata nella sua stanza per trovare un momento per pensare, lontana dalle grida dei puma, dagli zoccoli tonanti e dalle creature magiche che andavano oltre i sogni più sfrenati di qualsiasi bambina che desiderasse un pony. Ora, nella luce del primo mattino, Renee uscì barcollando di casa con una tazza da viaggio di caffè in una mano e il telefono nell'altra. L'interno delle cosce le doleva per l'insolita cavalcata del giorno prima... di entrambi i tipi. Quella mattina il cortile era silenzioso, la tensione della notte precedente smorzata dall'aria umida di rugiada.

La ghiaia scricchiolava forte sotto i suoi stivali presi in prestito, mentre si avvicinava al fienile. Un desiderio tremante di vedere Black le attorcigliò lo stomaco, e non solo per avere risposte alle sue domande. Aveva paura di lui, ma non per le ragioni che altri avrebbero potuto pensare. Centauri e mutaforma? Erano fantastici. La sua paura era più profonda. Black aveva toccato qualcosa dentro di lei. Non faceva giochetti come gli uomini che incontrava con Steph, e sembrava capire cosa significasse per lei aver perso suo nonno. Aveva persino accarezzato l'idea che quello che avevano fosse qualcosa di unico. L'amore era un'emozione che aveva evitato con tutte le sue forze, eppure eccola lì, a rischiare di cadere rovinosamente se avesse fatto un altro passo avanti.

Ma Black era una creatura mitologica. Pensava forse come un essere umano? Aveva provato a cercare informazioni su centauri e mutaforma su Google, ma la linea al ranch era discontinua e non riusciva a caricare molte pagine web. A quanto pare, il nonno non aveva mai posseduto un computer, tanto meno il Wi-Fi.

Black sembrava pensare di essere una specie di mostro deforme. Tutto quello che Renee riusciva a vedere era un uomo con un superpotere che usava per proteggere lei e un puledrino da un terribile predatore. Il legame che avevano condiviso la notte prima le persisteva nel sangue come una droga. L'interno delle sue cosce formicolava al ricordo, le ossa là sotto le dolevano per qualcosa di più della lunga cavalcata. *Ho una voglia matta di cavalcare un cowboy...*

Si bloccò davanti al portone aperto della stalla, il vapore del caffè che le colpiva il viso come una sveglia. Aveva chiaramente bisogno di un po' di spazio, altrimenti avrebbe finito per lasciare che gli ormoni cancellassero tutta la follia della notte precedente. Se fosse andata in città, avrebbe potuto trovare una caffetteria con il Wi-Fi e fare qualche ricerca. Rifletterci su prima di invischiarsi ulteriormente.

Si voltò e fissò l'area di parcheggio ghiaiosa e deserta tra la casa e il fienile. Steph aveva preso l'auto a noleggio quando se n'era andata. Renee allora non si era preoccupata, pensando che Black o qualcun altro avrebbe potuto portarla a Missoula per prendere un volo per casa. Ora si ritrovava bloccata lì da sola, circondata da chissà quanti mutaforma, senza un mezzo di trasporto proprio.

Il suo sguardo si posò su un edificio più piccolo che ricordava essere una rimessa per gli attrezzi, fin da quando era piccola. Il nonno ci teneva un trattore per trasportare il fieno e rastrellare i pascoli. *Andrai in città con un trattore?* Sorrise ironicamente all'idea. Ma forse lì dentro teneva una macchina o qualcos'altro per trasportare le provviste dalla città.

Spinse la porta laterale per aprirla ed entrò. Il buio dell'edificio odorava di olio stantio, limatura di metallo e polvere. Lasciò la porta socchiusa per far entrare la luce e superò un antico trattore John Deere e un banco da lavoro ben ordinato. Nella campata più lontana c'era un pick-up Chevy malconcio con le chiavi nel quadro. *Bingo.*

Posando il caffè sul cofano, Renee lottò con la porta del garage, si rese conto che era bloccata e finalmente riuscì ad aprirla. L'aria del mattino si riversò dentro come se l'edificio avesse trattenuto il fiato. Fece un respiro profondo, assaporando la luce del sole che dipingeva le cime lontane degli alberi e il debole canto degli uccelli. Nonostante l'agitazione della notte precedente, quel posto le sembrava pacifico. Protetto. Speciale. Riusciva a immaginare di costruirsi una casa lì. Forse con Black.

«Sei già sveglia.» La voce di Lori dalla porta laterale del fienile la sorprese. I suoi gingilli luccicanti erano tornati al loro posto, fino alla fibbia da cintura del Montana che le copriva gran parte dello stomaco piatto.

Il brivido gelido che Renee aveva provato la notte prima le tornò alla base della colonna vertebrale. «Anche tu.»

Lori si avvicinò con fare disinvolto, fermandosi alla porta aperta del garage e appoggiando una spalla allo stipite. Accavallò uno stivale sull'altro, i pollici infilati nella cintura. Il suo sguardo ricordò a Renee quello di un gatto domestico che squadra un uccellino. *E io sarei l'uccellino...*

Dopo un istante di silenzio imbarazzante, Renee chiese: «Come sta Ivy-Jane?»

Lori fece un gesto con una mano curata. «Black ha tutto sotto controllo. Lui ha il tocco magico. Ma questo lo sai già.»

Un'ondata di calore inondò il viso di Renee, che si voltò per recuperare la sua tazza di caffè. Il sesso con

Black era stato sconvolgente, appagante in un modo che non si era mai aspettata o che non aveva mai provato prima, e una parte importante di lei mal sopportava che altri sembrassero volerlo sminuire: prima Saul e ora Lori. Decise di fare la svampita. «Sembra un veterinario davvero bravo.»

Come se non l'avesse sentita, Lori continuò. «Le donne come te vanno e vengono. Ma Black è speciale. Non posso permettere che tu gli spezzi il cuore.»

Il desiderio di Renee di mostrarsi gentile svanì in un lampo. Si voltò di scatto, con il petto oppresso. Che diritto aveva quella donna di giudicarla? «Non mi hai proprio dato l'impressione che Black ti piacesse poi così tanto.»

Lori si strinse nelle spalle. «Ho il dovere di proteggere la mia mandria. Che mi piacciano o no.»

«Be', a me *invece* piace. Quindi puoi anche levarti di torno e farti i fatti tuoi.» Il sangue di Renee ribolliva. In parte perché Lori le dava sui nervi e in parte perché non voleva ammettere che Black le piacesse davvero. Molto.

Lori alzò le mani davanti a sé, con i palmi rivolti

verso l'esterno. «Non c'è bisogno di aggredirmi. Sto solo badando ai miei. Tuo nonno capiva.»

L'impulso di Renee di saltare sul Chevy e passare sopra a quella stronza lottava con il suo bisogno di avere delle risposte. «Se il nonno sapeva dei mutaforma, perché non me l'ha detto?»

«L'unico rifugio della mandria è questo ranch, e tuo nonno ha usato la nostra dipendenza a suo vantaggio. Come pensi che mandasse avanti questo posto senza pagare un centesimo di stipendio? Anche se devo dargli atto di aver mantenuto la sua promessa a Gloryanna.»

Accigliata, Renee guardò la spianata vuota e i pascoli silenziosi del mattino, come se potesse trovare la risposta lì. Non aveva considerato come tutto avesse continuato a funzionare nel periodo successivo alla morte di suo nonno. Le finanze non erano mai state il suo forte. «Che cosa stai dicendo? Che siete schiavi?»

Un sorrisetto alterò il viso di Lori. «Come lo chiami un lavoratore che non viene pagato?»

Renee strinse i denti, rifiutandosi di abboccare alla provocazione di Lori. «Volontari. Nessuno vi costringe a restare.»

«Ah, eccola. La degna nipote del vecchio Toliman.»
Il labbro di Lori si arricciò. «Illudendoti che
mantenere il segreto della mandria giustifichi lo
sfruttamento dei suoi membri.»

«Non ho mai detto questo.» Renee strinse le mani a
pugno lungo i fianchi.

Il viso di Lori si fece serio. «Allora dimostralo.
Unisciti a noi.»

«Come?»

«Sposa Black.»

Facendo un passo indietro, Renee scosse la testa,
incerta di aver sentito bene. Matrimonio? In che
razza di mondo fantastico viveva quella donna? Ma
poi, in che razza di mondo fantastico i centauri e i
mutaforma erano reali? Black era qualcosa di diverso
da un umano, qualcosa di più. Chissà quali erano le
regole in quella folle versione della realtà? E lei *aveva*
fantasticato di costruirsi una casa al ranch con lui.
«Ci conosciamo da appena due giorni.»

«Il tempo non ha importanza.» Lori inarcò un
sopracciglio. «Dimostra che ci consideri tuoi pari.»

«Non devo sposare qualcuno per considerarlo mio
pari.»

Lori sorrise. «Ascolta, so che Black ti piace. E, ovviamente, tu piaci a lui. La verità è che non farà mai veramente parte di questa mandria, nonostante sia il nipote di Gloryanna. Sto cercando di badare a lui.»

Renee si acigliò, non apprezzando l'insinuazione di Lori. «Perché? Perché è diverso? Quello che mi sembra di capire è che *tu* non consideri *lui* un tuo pari.»

Un'ombra di confusione attraversò il viso di Lori, ma si riprese con uno sguardo di pietà. «Rispetto la sua dedizione alla mandria. È solo che la mandria è molto selettiva riguardo alle linee di sangue. Siamo rimasti in così pochi che dobbiamo essere schizzinosi sui nostri partner per la riproduzione.»

«Prima di tutto, io non sono un *partner per la riproduzione*.» Renee avanzò verso l'alta donna, anche se doveva alzare lo sguardo per guardarla in faccia. «E secondo: in Black non c'è assolutamente niente che non vada. È perfetto così com'è, e sei una sciocca se non riesci a riconoscerlo. Ora, se vuoi scusarmi, vado a controllare Ivy-Jane.»

Superando la donna, Renee uscì a grandi passi dal

garage, e ogni pensiero di lasciare il ranch svanì nel nulla.

Dieci

Black si svegliò di soprassalto allo sbattere della porta laterale del fienile. Dei passettini rabbiosi si diressero dritti verso l'area adibita a infermeria per Ivy-Jane. Lui sedeva su una balla di fieno appena fuori dal box aperto, con la schiena appoggiata al muro e gli occhi chiusi. Non era riuscito a togliersi Renee dalla testa, neanche mentre si occupava di Ivy-Jane e sopportava le recriminazioni di Lori per essersi rivelato.

Il profumo di fiori di ciliegio di Renee si diffuse nell'aria, e i passi si spensero. Poteva percepire la sua energia mentre lei se ne stava lì a guardarlo. Aveva paura di lui? Non la biasimava. Eppure, non sentì odore di paura mentre il silenzio si allungava sempre di più. Sentì il ricco profumo dell'eccitazione. La lasciò continuare a guardare per sessanta secondi buoni prima di dire con voce strascicata: «'Giorno, raggio di sole.»

Lei emise un piccolo squittio sorpreso, poi sussurrò: «È una specie di sesto senso da mutaforma, quello di sapere quando qualcuno ti sta guardando?»

Lui si mise a sedere, un sorrisetto assonnato sulle labbra. Millie e la puledrina dormivano appena dentro il box, perciò tenne la voce bassa mentre si alzava. «Non è che ci sei andata leggera quando sei entrata.»

«Oh. Già.» Renee si schiarì la gola e spostò lo sguardo verso la porta aperta. Aveva il viso arrossato e le spalle ansimanti, come se avesse corso. «Come sta la piccola?»

Lui si spolverò il fieno dai jeans mentre si allontanava dal box. Non indossava ancora la camicia, ma ciò che gli mancava di più era il cappello, rimasto all'accampamento. «Ha solo una distorsione alla zampa. Si rimetterà in piedi tra un giorno o due.» Si tolse un filo di fieno che gli solleticava i capelli sulla nuca. «Sono più preoccupato per il suo trauma psicologico.»

«Posso capirla.» Renee si morse il labbro.

Black si sentì accigliare e cercò di distendere il viso, senza molto successo. C'erano così tante cose da dire, ora che il segreto era svelato. Ma non sapeva da dove cominciare. «Non è così che volevo che lo scoprissi.»

Renee scosse la testa. «Continuo a non capire perché il nonno non potesse dirmelo.»

Black lanciò un'occhiata alle sue spalle, verso Millie. Lei giaceva sotto una coperta a spina di pesce, in forma umana, accanto a Ivy-Jane; una mano appoggiata sulla spalla della puledrina, la sua lunga e spenta treccia grigia floscia sul fieno dietro di lei. Il suo petto si muoveva al ritmo costante del sonno, ma lui non si sarebbe sorpreso se stesse ascoltando. Lori non aveva revocato il divieto di parlare della mandria, ma Renee sapeva già così tanto. *Abbastanza da essere pericolosa,* come aveva detto Lori la notte prima. Be', non si poteva tornare indietro. Il segreto era svelato. L'unica direzione, ormai, era andare avanti, giusto? Con o senza l'approvazione di Lori. Inoltre, questo segreto era di Black tanto quanto suo. Forse anche di più, perché lui aveva ancora più cose da nascondere.

Facendosi avanti, prese il braccio di Renee e la condusse lontano dal box, verso la piramide di balle in fondo al fienile. La paglia sparsa sul pavimento gli pungeva la pelle dei piedi nudi. Si diresse verso un'alcova dove a volte si ritirava per saziare il suo desiderio di privacy, così poco consono alla mandria. «Chiedimi tutto quello che vuoi.»

Lei si guardò intorno, ma non oppose resistenza alla sua mano che la guidava. Lui si sedette su una piattaforma di balle che aveva coperto con una coperta da cavallo, tirandola delicatamente giù accanto a sé e cercando di nascondere la delusione quando lei scelse di mantenere diversi palmi di spazio tra loro.

Si attorcigliò le dita in grembo, lo sguardo carico di diffidenza. «Lori vuole che le dimostri che non ho intenzione di farvi del male.»

La palpebra gli ebbe un fremito. Certo che Lori era andata a caccia di Renee prima che potesse farlo lui, quella mattina. Chissà che razza di bugie le aveva già propinato quella strega sulla mandria. «Stai lontana da lei, d'accordo?»

«Perché?»

«Morde. Sul serio. Ti prego, stalle lontana.»

Con suo sollievo, Renee annuì. «Va bene, ci proverò. Ma è una tipa piuttosto invadente, no?»

Questo lo fece ridacchiare. «È un modo per dirlo.»

«Ha detto che sei il nipote di Gloryanna. Non era lei l'ultima guida della mandria?»

Lui annuì.

«Quindi, immagino che ti odi perché sei, tipo, un principe o qualcosa del genere? Una minaccia per la sua leadership?»

«Un principe? No, non abbiamo una famiglia reale. Sono solo uno stallone mezzosangue. E inoltre, la Giumenta Alfa viene scelta tramite votazione.»

Il suo naso si arricciò in un adorabile cipiglio. «E hanno scelto Lori? Perché?»

«La mandria rispetta la conoscenza che Lori ha del mondo esterno.» La sua risposta, attentamente formulata, era il prodotto di una vita di rispetto radicato per il rango, ma gli lasciò un sapore amaro in bocca.

Renee alzò gli occhi al cielo. «Non credo che lei ne sappia quanto le riconosci.»

«Lori è stata catturata da puledra e domata come gli altri cavalli domestici, il che è umiliante per un mutaforma. Quando ha avuto la sua prima trasformazione, è scappata e ha vissuto per strada finché non ci ha trovati. Ha passato anni a nascondersi tra gli umani, celando la sua natura di mutaforma, imparando le loro usanze.»

«Non sapeva come tornare dalla sua famiglia? Che tristezza.»

«Dal modo in cui lo racconta, non proveresti pietà. È dura — più dura della maggior parte degli equini — e non ha paura di lottare per ciò che vuole.» O di imporre la sua volontà agli altri, pensò. «La mandria era nel caos dopo la morte di mia nonna. Lori è intervenuta, ha preso il comando e nessuno ha mai fiatato.»

«Quindi, se Lori non teme che tu possa prendere il suo posto di comando, perché ti tratta così male?»

Black scrollò le spalle. «La mandria mi ha sempre tollerato per rispetto di mia nonna. Ma io sono diverso. Una deformità.»

«Non sei deforme.» Si tirò indietro per guardarlo, un sopracciglio alzato. «Ho sentito parlare di centauri nella mitologia greca. Non ho mai sentito parlare di cavalli mutaforma. Sono loro i deformi. E poi, non siete tutti uguali in forma umana?»

Lui sorrise, apprezzando la sua grinta. «Sì, ma è la forma equina a determinare il nostro rango. Mentre il resto della mandria può vivere insieme giorno e notte, cavalli e umani, io no, perché un estraneo potrebbe vedermi. Non ho mai la possibilità di lottare per il mio rango.»

«Ma potresti avere un rango come umano. Sei persino un veterinario. Questo deve darti la stessa credibilità di Lori. Come mai non hanno scelto te?»

Lui scosse la testa. «Oltre a essere un centauro, sono maschio. Gli stalloni non possono guidare la mandria, non come fa la Giumenta Alfa.»

«Perché no?»

«Biologia, immagino.» Sospirando, cercò di trovare le parole per descrivere la gerarchia della mandria. «La società della mandria è un po' come una partita a scacchi. La regina è il pezzo più potente. Lo Stallone della Mandria — il re — ha un potere limitato.»

Renee guardò le sue mani per qualche istante prima di incrociare di nuovo il suo sguardo. «Hai detto di essere un mezzosangue. Significa che sei per metà umano?»

Avrebbe dovuto immaginare che glielo avrebbe chiesto, ma per qualche motivo non era pronto. La maggior parte delle volte c'erano frecciate nascoste quando qualcuno menzionava le sue origini, e trovò difficile reprimere la sua reazione istintiva alla domanda del tutto innocente di lei.

«Scusami.» Si avvicinò e appoggiò la guancia contro il suo bicipite. «È stato scortese. Non avrei dovuto chiedere.»

Il contatto dissipò il suo scudo istintivo, sostituendolo con un'ondata di emozione nel petto che non riuscì a definire, ma che gli fece desiderare di strofinarsi contro il collo di lei e respirare a fondo la sua essenza, preferibilmente con il cazzo affondato nel suo calore umido. Si accontentò di metterle un braccio intorno, stringendola al suo petto nudo. «Non devi scusarti. È una domanda del tutto onesta. E voglio dirtelo.» Le mise il mento sulla testa e vi si appoggiò per un momento. «Io... devo iniziare dal principio. Da mia madre. La nonna diceva che lei voleva più di quanto un ranch sperduto potesse offrirle. Voleva tornare alle radici nomadi della mandria. Così se ne andò. La mandria non era al ranch da molto tempo, a quel punto, ma questa è un'altra storia.»

Renee si sistemò, girando la guancia per poterlo guardare in viso mentre parlava. La sua mano scivolò in alto, posandosi con il palmo sul cuore di lui. Il contatto della sua pelle liscia avrebbe potuto essere un lazo intorno alla sua anima.

Lui le coprì la mano con la sua libera, avvolgendola con le dita, e continuò a parlare. «Mia madre si tenne in contatto, mandava cartoline da città di tutto il paese, arrivò persino in Alaska. Le lettere smisero di arrivare all'improvviso, senza motivo. Tuo nonno aiutò nelle ricerche, immagino, assunse un investigatore per rintracciarla. Nessuna fortuna. Mia madre era scomparsa. Poi, un paio di anni dopo, un ospedale di Chicago chiamò con una brutta notizia. O, come amava dire la nonna, una notizia miracolosa.» Il petto gli doleva al ricordo della voce di sua nonna nel suo orecchio mentre da bambino sedeva sulle sue ginocchia, e strinse ancora più forte la mano di Renee contro di sé. «La mamma aveva dato alla luce un bambino sano. Aveva detto ai dottori il nome del ranch in punto di morte.»

«Oh, Black!» Renee liberò la mano e gli avvolse entrambe le braccia intorno alla vita, stringendolo.

«Quella fu l'unica volta in cui la nonna lasciò il ranch. Per recuperarmi.» Si schiarì la gola. «Ma per tornare alla tua domanda: non abbiamo alcuna traccia di chi sia mio padre. L'ipotesi logica è che io sia per metà umano.»

Le spalle di Renee si alzarono e si abbassarono in un respiro profondo, il suo abbraccio vorace saldamente avvolto intorno alla vita di lui. «Posso dire per esperienza personale che non c'è niente di sbagliato nell'essere umani.» Il suo respiro era caldo contro il suo petto. «Sei sexy da morire.»

Una risata gli salì dal petto e rotolò fuori dalla bocca in una liberazione inaspettata. Come poteva farlo sentire completo con così poche parole? «Sexy, eh?»

Renee allentò l'abbraccio, le dita che gli solleticavano la pelle nuda, e mormorò contro il suo petto: «Incredibilmente.»

«Non ti disturba il mio essere un centauro?»

Lei lo spinse indietro contro la coperta. «Mmm. Questo ti rende solo più sexy. Mi piace cavalcare.»

La coperta ruvida sprofondò nel fieno sotto le sue scapole. Allungò un braccio e le accarezzò la parte bassa della schiena, lasciando che le dita scivolassero nello spazio tra la maglietta e i jeans. Il suo viso a forma di cuore aveva un sorriso malizioso mentre il suo palmo gli sfiorava lo stomaco, verso il basso, fino alla patta. Il suo cazzo si rizzò al suo tocco, mentre il profumo della sua eccitazione si mescolava all'odore della paglia pulita. Le avvolse le dita intorno alla nuca e la tirò giù in un bacio. La bocca di lei si aprì alla sua, e lui fece roteare la lingua in una danza intrecciata con quella di lei.

La sua mano sulla patta gli avvolse e massaggiò le palle, mentre la bocca di lei gli incendiava il sangue. Allungò un braccio dietro di lei e le afferrò il culo coperto dai jeans, le dita che si immergevano nell'incavo tra le sue gambe mentre le palpava il fondoschiena. Lei gemette e contrasse i glutei, strusciando i fianchi contro di lui. Il suo cazzo si tese di nuovo in risposta. Lui ringhiò, volendo avere il controllo. Con un movimento fluido la sollevò da sé e si girò per mettersi sopra, appoggiandosi sui gomiti sopra di lei. Non le diede il tempo di lamentarsi e rivendicò di nuovo la sua bocca, premendo le labbra contro le sue e affondando la lingua dentro di lei, assaporando il suo respiro dolce a ogni inspirazione.

Voleva sentire la sua pelle, esplorare ogni centimetro del suo corpo squisito. Infilò una mano sotto l'orlo della maglietta di lei. La sua pelle scivolò come raso sotto il suo palmo ruvido finché non raggiunse il reggiseno e ne avvolse l'imbottitura. Quello doveva sparire. Fece scivolare abilmente la mano dietro la schiena di lei e slacciò l'indumento, ripercorrendo il sentiero sotto l'elastico fino al suo seno in attesa. Il suo capezzolo era duro e lo aspettava. Impastando la carne morbida, fece rotolare il bocciolo tra le dita con lenta precisione.

Con piccoli respiri ansimanti, lei armeggiò alla sua vita, cercando di slacciargli il bottone. «No», disse lui contro le sue labbra, afferrandole la mano con la propria mano libera e bloccandola sulla coperta. Voleva farla venire solo con le mani e la bocca. Voleva farla arrendere a lui e implorarlo prima di montarla. Voleva credere davvero che lei lo desiderasse.

Le afferrò l'altro polso e le spinse entrambe le mani sopra la testa. I suoi polsi erano così piccoli e delicati che poteva tenerli entrambi in una mano. Tenendola intrappolata, usò la mano libera per tracciare una linea stuzzicante sulle sue labbra, lungo il mento e il collo fino a fermarsi tra i suoi seni, sopra il cuore. Lei inarcò la schiena, le costole che si sollevavano per la passione.

«Sei così sexy», sussurrò lui.

Lei si leccò le labbra, e lui si chiese come sarebbe stato fottere quella bocca. *Calma, ragazzo.* In quel momento, si trattava solo di lei. Abbassò il dito esploratore sotto il bordo parzialmente sollevato della sua maglietta e la sollevò insieme al reggiseno, scoprendole i seni. I suoi capezzoli turgidi puntavano verso le travi come due piccoli speroni che lo incitavano ad andare avanti. Chinò la testa verso uno di essi, la lingua che guizzava fuori per assaggiarne la punta. Lei gemette e lui cedette, prendendo il capezzolo in bocca per tirarlo e succhiarlo fino a farlo diventare un picco teso. Poi si fece strada sul suo petto a piccoli morsi per riservare all'altro lo stesso trattamento.

Lei si contorse sotto di lui, ma lui le tenne le mani saldamente sopra la testa. Mentre rendeva omaggio al suo secondo capezzolo, le passò il palmo sul ventre fino al sesso, avvolgendone il calore. Il bagnato le aveva inzuppato i jeans e lui la massaggiò con il piatto della mano. Lei sollevò i fianchi per strusciarsi contro di lui e lui aumentò la velocità finché non sentì che era pronta per il livello successivo. Slacciato il primo bottone, fece scivolare la mano lungo la parte anteriore e sopra i suoi riccioli. Il suo dito medio trovò la sua fessura bagnata e pronta, il suo clitoride che pulsava sotto la pressione del suo tocco.

Facendo scorrere il dito dentro e fuori lungo la fessura, le strappò ancora più umidità, penetrando più a fondo a ogni passata, finché il dito non si incurvò e trovò la sua apertura. Le pareti strette si serrarono intorno al suo dito mentre vi entrava.

Lei lottò contro la sua presa, i fianchi che si muovevano a tempo con le spinte delle sue dita, in cerca di più. Lui continuò a stuzzicare la sua apertura, scivolando sul suo clitoride a ogni passata. L'umidità gli inzuppò la mano. Lei si dimenava sotto di lui, ansimando, le parole quasi incoerenti. «Ho bisogno di più. Ti prego.»

Lui decise di accontentarla, liberandole le mani per poterle sfilare il tessuto dalle gambe. Il suo profumo riempì l'aria con il sapore inebriante della sua eccitazione e lui aspirò l'aria in bocca e sul palato, assorbendo ogni succosa sfumatura. Lei cercò a tentoni i bottoni dei suoi jeans. Lui le prese il viso tra le mani e la baciò profondamente mentre lei armeggiava, ogni tocco a farfalla delle sue mani contro la sua patta che quasi lo mandava al limite. L'apertura dei bottoni allentò la pressione che il suo cazzo stava esercitando contro la patta e dovette ricordarsi di accontentare prima lei. Le afferrò le mani prima che potesse scoprirlo. «Non ancora.»

Mettendosi in ginocchio, si tirò indietro per guardarla, beandosi della sua vista. La sua pelle arrossata e le sue curve gentili gli fecero venire voglia di morderla, di pizzicarle i fianchi e strofinare il viso contro di lei prima di coprirla con il suo corpo. Le mise le mani sui seni, impastandoli dolcemente prima di scivolare più in basso per modellarsi contro le sue costole, i pollici che tracciavano la linea centrale verso il suo ombelico. Lì, si fermò per cerchiare il suo ombelico prima di continuare verso il basso, i pollici che aprivano la strada tra i suoi riccioli. Lei sussultò, i fianchi che si flettevano verso l'alto per incontrarlo e le sue piccole mani volarono ai suoi polsi, spingendolo verso il basso. Dentro. Lui alzò gli occhi per incontrare i suoi, la luce della sua passione che ardeva brillante mentre i loro sguardi si connettevano.

Scivolò lungo le sue labbra inferiori, aprendole dolcemente, allargandole le gambe con i palmi al contempo. Lei sbocciò come un fiore e lui abbassò il viso sulle sue pieghe. La sua carne fremette. Succhiò delicatamente, premendo le labbra contro di lei e sondando il suo calore con la lingua mentre continuava il massaggio delle sue labbra esterne. Le dita di lei si intrecciarono tra i suoi capelli e lei emise un gemito che gli fece sfrigolare il sangue. Affondò la lingua con forza nella sua apertura — una, due, tre volte. Lei gridò, inarcandosi verso di lui, e la sua carne calda pulsò e si contrasse con il suo orgasmo, inondandogli la lingua con i suoi succhi.

La bevve finché non fu sicuro che avesse finito, poi si tirò su di nuovo in ginocchio. Il suo petto si sollevava, le mani che si agitavano debolmente contro la coperta. Il suo cazzo non poteva più aspettare ormai. Spingendosi i jeans giù per i fianchi, si liberò e le sollevò i fianchi per adagiarli sul suo membro in attesa. Di nuovo lei gridò, chiamando il suo nome, e lui affondò in lei, i suoi cerchi di calore si strinsero intorno a lui in un abbraccio estatico. Con furia accecante, la sua liberazione lo travolse e lui si seppellì dentro di lei, pulsando nel suo nucleo.

Tremando, si lasciò cadere su un gomito sopra di lei e sussurrò: «Credo di amarti.»

«Credo di amarti anch'io», mormorò lei.

Undici

Renee si aggrappò debolmente alle spalle di Black. Gli aveva davvero appena ricambiato la parola con la "a"? Il sangue le martellava nelle orecchie. Dovevano essere gli ormoni a renderla stupida. Non poteva essere innamorata. L'amore era pericoloso. Da evitare a tutti i costi. Specialmente perché conosceva a malapena quel ragazzo. Giusto?

Eppure, sapeva di lui più di quanto avesse mai immaginato possibile.

L'amore per Black in qualche modo la faceva sentire potente. Come se ammetterlo non solo l'avrebbe liberata, ma l'avrebbe resa intera. Completata. E non si era nemmeno resa conto di essere in mille pezzi.

Beh, una parte di lei sì. Altrimenti perché sarebbe andata alla deriva dietro a Steph, alla ricerca di quel brivido sempre sfuggente che in qualche modo avrebbe dato un senso alla sua vita?

Aprì la bocca contro la pelle di lui, facendovi scorrere la lingua in cerchio per assaporare il suo odore di terra, e gli sfiorò la carne con i denti. Lui rabbrividì e girò il viso per strofinarsi contro l'orecchio di lei, con il respiro caldo. Black era incredibile. Da far battere il cuore, da far tremare le ginocchia, incredibile. Degno d'amore.

No. No! Appoggiò i palmi delle mani sul petto di lui, cercando di spingerlo via.

Lui si sollevò quel tanto che bastava per guardarla negli occhi. «Sono troppo pesante?»

«Devo andarmene da qui.» Eppure, all'improvviso, sentì che tutto quello che era importante si trovava proprio lì, in quel momento, e il pensiero di andarsene le fece venire voglia di piantare i piedi per terra e restare.

Black si spostò da sopra di lei con graziosa facilità e si alzò in piedi. L'aria si fece improvvisamente fredda, e lei si tirò giù la maglietta sul busto. Quel piccolo sforzo parve prosciugarle la forza di volontà. Quel bellissimo uomo, retroilluminato dalla luce crepuscolare, la ipnotizzò. Voleva rannicchiarsi tra le sue braccia. Avvolgerlo e non lasciarlo mai più.

E se avesse dato una possibilità a quella relazione? Rischiava la vita in continuazione con quelle acrobazie organizzate da Steph. Perché non scegliere un'acrobazia tutta sua? Magari in questa sarebbe stata brava. Magari sarebbe stata davvero in grado di avere una vita da sogno in un ranch, sposata con un vero stallone cowboy. Si girò su un fianco e afferrò i pantaloni. «Lo sai che Lori mi ha chiesto di sposarti?»

«No.» Lui si concentrò con ingiustificata intensità sull'abbottonarsi la patta. «Che cosa le hai risposto?» Le braccia e il petto si fletterono in un'onda sexy di muscoli. Come si poteva pensare che non fosse perfetto?

Infilò le gambe nei pantaloni. «Che quello che succede tra me e te è affar nostro. Può anche farsene una ragione.»

Lui sollevò di scatto lo sguardo verso di lei, i denti che lampeggiavano in un sorriso. «Saresti una fantastica Giumenta Alfa.»

Lei si accigliò e scivolò goffamente giù dalla panca improvvisata, cercando le scarpe. «Sì... no. La tua mandria non è né il mio circo né le mie scimmie. Come facciano a seguire una stronza narcisista come Lori va oltre la mia comprensione. Ad ogni modo, come funziona il matrimonio nella mandria?»

Black le tese una mano e la tirò in piedi. «Ci si frequenta a lungo, direi. Trovare un compagno per la vita è raro.»

Quella risposta le fece sentire il petto schiacciato. Le aveva detto di amarla, ma a quanto pare per lui non aveva lo stesso significato che aveva per lei. Renee sentì la nausea salirle allo stomaco. Sbattendo le palpebre per evitare che le lacrime le scendessero dagli occhi che bruciavano, lo superò con una gomitata. Non gli avrebbe mai permesso di vederla piangere. No, no e no. Voleva montare un cowboy, ed era quello che aveva fatto. Fine della storia.

Dirigendosi decisa verso la porta, parlò senza voltarsi indietro. «Faccio un salto in città. Mandami un messaggio se ti serve qualcosa.»

«Renee, aspetta. C'è qualcosa che non va?»

Camminò più in fretta, contenta che lui fosse costretto a zoppicare sulla ghiaia tagliente a piedi nudi. Stupido Black. L'aveva fatta innamorare quando lei era stata del tutto onesta fin dall'inizio, dicendo che non era interessata all'amore. Raggiunse il malconcio Chevy e aprì la portiera con uno strattone. Il motore si lamentò quando girò la chiave, ma partì con un borbottio irregolare, facendo cadere dal cofano la tazza di caffè che aveva dimenticato.

Lui raggiunse il garage e le si parò davanti, sbarrandole la strada. «Renee!»

Incapace di sentirlo sopra il rumore del motore, lo fece rombare più forte, sperando che il ringhio gli dicesse di togliersi di mezzo. Lui si mosse verso la portiera del guidatore e lei ingranò la marcia del pick-up.

Non successe niente.

Black raggiunse il finestrino, facendo un gesto rotatorio con una mano. A malincuore, lei abbassò il finestrino. Lui si appoggiò al telaio. «La trasmissione si è rotta un po' di tempo fa.»

Beh, accidenti. Lei batté frustrata entrambe le mani sul volante, poi spense il motore.

Black rimase appoggiato al telaio del finestrino. «Ti dispiacerebbe dirmi che cosa c'è che non va?»

Il bruciore agli occhi era peggiorato e le lacrime le annebbiavano la vista. Ma non poteva fuggire se non scivolando lungo il sedile fino all'altra portiera.

Come se le avesse letto nel pensiero, lui abbassò lo sguardo e fece un passo indietro. Il suo istinto di fuga si placò un poco. Prendendo un respiro, lo fissò, quell'uomo bellissimo che avrebbe voluto prendere a pugni in faccia. Il cuore le faceva molto più male di quanto avrebbe dovuto. Lo conosceva solo da un giorno, ed era completamente fuori dalla sua portata. Avrebbe dovuto lasciarlo a Steph.

«Renee, non so cosa ho detto o fatto di sbagliato là dentro, ma vorrei che me lo dicessi.»

«Non sono tua moglie né la tua compagna per la vita, o altro. Non devo dirti niente.»

Un sorriso esasperante gli curvò le labbra. «Sei carina quando fai la gelosa.»

«Non sono gelosa. Sono solo... non vado a letto con chiunque. Tu... quello che abbiamo fatto è stato speciale per me. Anche se per te non lo è stato.»

Gli occhi di Black brillarono e si chinò in avanti, abbastanza vicino da farle sentire il suo profumo di fieno e cuoio. «È stato — ed è — speciale per me. Ho detto che i compagni per la vita sono rari. Non impossibili. E quando un legame si crea, non si può tornare indietro.»

Renee deglutì, persa nelle profondità del suo sguardo. Era come se un campo elettrico li unisse mentre si fissavano. In quel momento, desiderava amarlo più di ogni altra cosa al mondo. «Cosa stai dicendo?»

«Sto dicendo che non ho mai condiviso me stesso con nessuna come ho fatto con te. Quando mi hai visto nella mia forma di centauro, ero terrorizzato, ma ora sono felice che tu l'abbia fatto. È un sollievo: non devo più nascondermi da te. Finalmente ho qualcuno di cui posso fidarmi.»

«Ti fidi di me?» La sua voce uscì come uno squittio.

Black si sporse nell'abitacolo e le fece scivolare una mano dietro la testa, il pollice che le accarezzava la conca dell'orecchio. «Ti ho mostrato la mia trasformazione. Se questa non è fiducia, non so cosa lo sia. E poi è divertente farti cose sconcie.»

Lei arrossì, le farfalle nello stomaco le fecero salire una risatina in gola. «Ma riguardo ai compagni per la vita e a tutto il resto?»

Il suo sorriso scherzoso si fece serio. Si chinò per sfiorarle le labbra con le sue, e il suo respiro era caldo e dolce. «Questo centauro ha trovato la sua.»

Black appese una nuova flebo alla trave del fienile sopra Ivy-Jane, avvertendo il peso dello sguardo di Lori sulla schiena. La puledra giaceva con tre zampe rannicchiate sotto di sé e la quarta, avvolta in una fasciatura, tesa dritta davanti a lei. La distorsione sarebbe guarita in pochi giorni, se fosse riuscito a non farla alzare. Ma in quel momento la puledra era l'ultima delle sue preoccupazioni.

Renee era tornata a casa, bisognosa di riposo dopo tutto quello che aveva scoperto, e lui era sollevato che non fosse nei paraggi per sentire le parole piene d'odio di Lori. Black si voltò per fronteggiare la capobranco, i cui stivali col tacco la portavano al suo stesso livello. Saul sedeva su una balla di fieno lì vicino, il viso una maschera priva di emozioni.

«L'accordo era che l'avrei sposata.» Black strinse i pugni per tenere a bada la rabbia. «E lo farò. Mi dia solo un paio di giorni in più, per l'amor di Dio.»

Non desiderava altro che costruirsi una vita con Renee. Lei aveva detto di aver bisogno di tempo per pensare, e lui poteva darglielo. Dopotutto, era stata colpita da un sacco di nuove informazioni in un breve lasso di tempo. Diavolo, anche lui. Stare con lei gli aveva fatto riconsiderare i suoi obiettivi di vita. Non aveva più bisogno di un rango nella mandria, finché avesse potuto avere Renee. Il sollievo provato mostrandole la sua trasformazione era stato quasi altrettanto intenso dell'estasi provata mentre era sepolto nella sua fica. Quasi. L'idea di avere una compagna per la vita, qualcuno da cui non doversi nascondere o con cui non dover fingere di essere qualcun altro, gli faceva cantare il sangue nelle vene. Per la prima volta da quando aveva scoperto che non sarebbe mai stato in grado di trasformarsi completamente, si sentiva vivo. Se anche ci fosse voluta un'intera vita, l'avrebbe usata per fare sua Renee.

«È troppo tardi per questo.» Lori se ne stava a gambe larghe, con le mani sui fianchi.

Lui sbatté le palpebre, tornando alla realtà. «Non ci tradirà.»

«Oh, dopo due interludi sudati la conosce così bene?» Lori inarcò un sopracciglio curato.

Black lanciò un'occhiataccia alla parete del fienile, dove immaginava Millie dall'altra parte, che si nascondeva come un piccolo topo. La giumenta aveva ovviamente raccontato a Lori di quella mattina. «Io...»

«È qui per vendere la proprietà», lo interruppe Lori. «Me lo ha detto il primo giorno che è arrivata.»

Rifiutandosi di fare marcia indietro, Black superò lei e Saul dirigendosi verso gli scomparti dove erano conservati stivali e vestiti di ricambio. «Forse aveva intenzione di vendere quando è arrivata, ma scommetto che adesso non lo farà più.»

«Quella ragazza è a caccia di soldi. Ne ho già viste di persone del suo genere. Se non vende la proprietà, di certo ci sfrutterà.»

«Solo perché lo farebbe Lei, non significa che lo farà anche Renee.» Poteva fidarsi di Renee — la mandria poteva fidarsi di lei — proprio come sua nonna si era fidata di Toliman.

«Non abbiamo più tempo, soldato. E proteggere la mandria è fondamentale. Abbiamo abbastanza testimoni per falsificare i documenti del matrimonio.» La voce di Lori si abbassò a un miagolio minaccioso. «E una volta che le avremo fatto firmare, la porteremo a fare un'ultima cavalcata.»

Lo shock congelò Black sul posto. Lori non l'aveva detto direttamente, ma il significato era chiaro. Le parole gli ricordarono il modo in cui aveva finto di piangere la morte della sua predecessora. *Gloryanna morì facendo fare al suo umano un'ultima cavalcata.* Lori stava proponendo un omicidio. L'omicidio della sua compagna. Lentamente, Black si voltò a fronteggiare la capobranco, la mente ancora intenta a cercare di accettare la verità.

Saul si alzò pesantemente, scuotendo la testa. «La sua famiglia protesterà. Probabilmente perderemmo il ranch durante la successione.»

Lori alzò gli occhi al cielo. «L'unica famiglia che le resta è suo padre, un fanatico religioso convinto che questo posto sia maledetto. Mi creda, ho pensato a tutto.»

Saul si passò entrambe le mani tra i selvaggi capelli corvini. «Ucciderla sembra un po' estremo.»

«Nessuno ucciderà nessuno.» La voce di Black era un ringhio basso, come se la sua natura animale fosse più simile a quella di un orso che a quella di un equino.

«Tenga bassa la voce», lo ammonì Lori. «È il piano perfetto. E non mi importa quale di voi due sia lo sposo. Ho solo bisogno di una firma in più come testimone sui documenti. Saul, Lei ci sta?»

Saul esitò un momento, poi chiese: «Millie e Su sono d'accordo?»

Black si irrigidì. «Non può starci pensando davvero?»

Saul si rifiutò di incrociare il suo sguardo. «È solo un'umana.»

«Non è solo un'umana. È la mia compagna. Ed è la nipote di Toliman», Black fece un cenno verso la casa. «È così che lo ripagate per anni di protezione della mandria? Uccidendo la sua unica nipote e rubandogli il ranch?»

Almeno Saul ebbe la decenza di arrossire. Lori si mise tra Black e suo zio, vibrando come se fosse sul punto di trasformarsi. «Non sia stupido. Gli umani non possono essere compagni. La mandria viene prima di tutto. Avrei dovuto sapere che non potevo aspettarmi che Lei lo capisse.»

Le sue parole punsero come una frustata. Ma Black ne aveva avuto abbastanza. La magia dei mutaforma gli formicolò sulla pelle. «Bado a questa mandria tanto quanto o più di Lei. Mia nonna era la Giumenta Alfa, e una cosa che so è che Renee è la mia compagna per la vita. Convoco una riunione della mandria.»

Lori si accigliò. «Non può convocare una riunione della mandria. Ha a malapena un rango.»

Lo sguardo di Saul si spostò da Lori a Black. «Qualsiasi mutaforma può convocare una riunione della mandria.»

«Come se ascoltassero un centauro.» Sbuffò con disprezzo. «Inoltre, sta quasi facendo giorno. Potrebbero vederLa.»

Il formicolio si placò quando Black si rese conto che aveva ragione. Non poteva uscire come centauro.

Il crepitio di pneumatici sulla ghiaia interruppe la conversazione. Lori scoprì i denti. «Cazzo. Aveva detto che oggi sarebbe venuto un agente immobiliare. Dobbiamo sbarazzarcene.»

Si girò verso l'ingresso e uscì a grandi passi. Black e Saul la seguirono da vicino. Sotto il sole pesante, un Dodge Ram nuovo di zecca con il logo della Wright Minerals Co. sulla portiera si stava fermando davanti alla casa, le onde di calore che deformavano l'aria sopra il cofano.

Lori rallentò l'andatura e Black le lanciò un'occhiata mentre la superava. Di solito insisteva per essere il volto del ranch, ma forse in quel momento era troppo arrabbiata e agitata per occuparsene.

Il motore tacque e un uomo scivolò fuori dall'abitacolo, sistemandosi uno Stetson nero sulla testa calva. Rivolse a Black un sorriso smagliante. «Buon pomeriggio. Cerco la signora Lori Sandvur.»

«Lori?» Black la guardò, confuso.

Lori aveva le mani sui fianchi e lo guardava torva. «Lei non dovrebbe essere qui prima della prossima settimana.»

«Sono in zona e ho pensato di dare una rapida occhiata», disse il tipo.

Lei fece un passo avanti e si fermò al fianco di Black. «Si giri e se ne vada. Subito.»

L'uomo alzò i palmi delle mani, guardando da Lori a Black a Saul. Zio Saul se ne stava lì con i pollici infilati nei passanti dei jeans. Black socchiuse gli occhi verso Lori. Perché aveva contattato una compagnia mineraria?

«Mi scusi, signora.» L'uomo indietreggiò verso il suo camion. «Ci terremo in contatto la prossima settimana.»

Veloce come una freccia, Black fu alla portiera del camion, con la mano piatta contro il telaio del finestrino per tenerlo chiuso. Voleva sentire la storia direttamente dalla fonte, non dalla versione contorta di Lori. «Perché non ci dice di cosa dovremmo parlare?»

Grattandosi la nuca, l'uomo guardò Lori, poi di nuovo Black. «La signora Sandvur ha inviato un campione di roccia diversi mesi fa. Sembra che ci sia dell'oro sulla proprietà e ha qualche domanda su come estrarlo.»

Black abbassò la mano e si voltò di scatto verso la Giumenta Alfa. Oro? Quand'era successo? La notizia dell'oro avrebbe attirato molta attenzione sul ranch.

Attenzione umana. Cosa stava pensando la capobranco? Dietro di lei, Saul era a bocca aperta.

Lori incrociò le braccia e si appoggiò su una gamba, lo sguardo ancora fisso sul visitatore. «Le ho detto di andarsene, signore.»

Il tipo scosse la testa e aprì di scatto la portiera del camion. «La prossima volta porto i rinforzi», borbottò mentre sbatteva la portiera. Il motore rombò e l'uomo inserì la retromarcia lungo il vialetto.

Black lo lasciò andare. Il problema non era l'uomo. In silenzio, guardò il camion doppiare la base della collina prima di parlare di nuovo. Questa volta si rivolse a Saul. «Lei ha detto che il tesoro sepolto era la mandria.»

Saul scosse la testa. «Lo era. Almeno per quanto ne sapevo.» Si avvicinò a Lori, le sopracciglia aggrottate. «Di che oro si tratta?»

Lori lanciò un'occhiata verso la casa e si girò, gli stivali che scricchiolavano sulla ghiaia mentre si dirigeva a passo svelto verso il fienile. «Il ranch non può andare avanti senza entrate. Sto cercando di provvedere al futuro della mandria.»

«Aspetti, c'è davvero dell'oro?» Black allungò il passo per starle dietro, un tic che gli irritava l'occhio sinistro. Perché Lori non aveva menzionato prima la scoperta?

Dentro il fienile, Lori entrò nel box più vicino. Si voltò per fronteggiare gli uomini, la sua voce un sussurro. «Nel canyon dove è morto Toliman.»

«Ne era a conoscenza?» Black non si preoccupò di parlare a bassa voce.

Lei gli mostrò i denti e si concentrò su Saul, come se Black non contasse. «L'oro ci darà una libertà che la mandria non ha mai conosciuto, non da prima che i coloni recintassero tutto. Una volta che avremo assicurato l'atto di proprietà della terra...»

Il leggero rumore di passi all'esterno fu seguito da: «Black?»

Lori sibilò, le unghie che gli si conficcavano nel braccio. «Non osi dire una parola, Black.»

«È la sua terra. Il suo oro.» Si liberò con uno strattone, le unghie di Lori che gli lasciavano lunghi segni sulla pelle. Voltandosi, si diresse a grandi passi verso il portone.

Dopo tre passi, sentì l'aria dietro di sé vorticare e condensarsi di magia mutaforma. La pallida forma di palomino di Lori lo travolse, spingendolo di lato. Inciampò su un rastrello appoggiato al muro di un box, il manico che gli si aggrovigliò tra le gambe. Cadde in ginocchio, i palmi delle mani che cozzavano contro la ghiaia. La massiccia forma equina di Saul seguì Lori da vicino, scomparendo oltre la porta del fienile.

Black si rimise faticosamente in piedi, la sua trasformazione che si impossessava di ogni muscolo del suo corpo, tendendo le cuciture dei suoi vestiti e degli stivali mentre gridava: «Renee, attenta!»

Dodici

Un'elegante giumenta palomino bionda si lanciò fuori dalla stalla verso Renee, emettendo un urlo terrificante tra i denti scoperti. Spaventata, Renee cadde all'indietro, atterrando con un tonfo secco sul sedere. A testa bassa, la cavalla sollevò frammenti di ghiaia, caricandola dritta contro di lei. Renee rotolò, gettandosi di lato per schivarla. Gli zoccoli sfrecciarono a un soffio dalla sua spalla. Lo slancio della bestia rallentò mentre descriveva un ampio giro nel vialetto. Poi si voltò di nuovo verso di lei, con le orecchie appiattite, e si impennò.

Una scarica di paura attraversò Renee. *È arrabbiata con me?*

Prima che potesse reagire, un familiare stallone grigio antracite uscì di corsa dalla porta. *Zio Saul?* Renee si rimise in piedi a fatica, con i palmi che le bruciavano per la ghiaia. Lo stallone si fermò di fronte alla giumenta, con il collo inarcato e i denti scoperti. *Stavano litigando? Che stava succedendo?*

Un'altra figura sbucò dalla stalla. Renee tirò un sospiro di sollievo nel vedere la figura da centauro di Black risplendere magnificamente al sole, con il torso nudo percorso da fremiti muscolari. Avanzò con passo pesante verso Renee, e lei indietreggiò di un passo, incerta. Tendendole una mano, le ordinò: «Sali.»

La serietà del suo sguardo le infuse forza, e lei gli afferrò la mano. Lui la sollevò con una potente flessione del braccio, sistemandola nella curva in cui il cavallo incontrava l'uomo.

«Tieniti forte», disse, e si girò verso il cancello del recinto.

«È Lori?» Renee gli avvolse le braccia intorno al petto, lanciando un'occhiata alla porta spalancata della stalla, nel caso in cui altri cavalli rabbiosi decidessero di emergere.

«Sì», ringhiò lui a denti stretti, liberando il chiavistello del cancello.

Guardando oltre la spalla, Renee trattenne il fiato mentre la palomino si impennava di nuovo, con gli zoccoli anteriori che aravano l'aria. Lo stallone si impennò a sua volta. Si scontrarono, digrignando i denti e agitando le zampe anteriori.

Black scattò in avanti e Renee fu costretta a voltarsi di nuovo, avvolgendo strettamente entrambe le braccia intorno alla sua cassa toracica. *Sto cavalcando un centauro. Di nuovo.* Il pensiero l'avrebbe resa euforica se non avesse già avuto le vertigini per la confusione. Premendo la guancia contro la sua scapola, strinse le ginocchia intorno al garrese per tenersi salda. In pochi istanti, lui passò al canter in direzione della strada per la città, e Renee si ritrovò ad adattarsi facilmente al ritmo della sua andatura. La combinazione di uomo e bestia sembrava così naturale che lei chiuse gli occhi, godendosi l'aria che le sfiorava il viso, la sensazione dei suoi muscoli che si flettevano sotto di lei, l'odore caldo della sua pelle.

La sua breve immersione nella sensualità fu interrotta dal rumore di zoccoli che si avvicinavano alla sua sinistra. Spalancò gli occhi e vide la palomino all'inseguimento. Ancora più terrificante, il muso pallido della bestia era macchiato di sangue.

«Black!» gridò Renee.

Chinandosi in avanti, Black aumentò la velocità, ma la palomino continuava a guadagnare terreno. La giumenta raggiunse i suoi quarti posteriori, con il collo teso in avanti e le labbra tirate indietro in una ferocia quasi predatoria. Renee avrebbe giurato che gli occhi della cavalla brillassero di una luce quasi demoniaca.

In quel momento, Black le afferrò dolorosamente le cosce e le sembrò che le zampe posteriori gli venissero meno. Con una brusca girata, slittò fino a fermarsi.

Troppo terrorizzata persino per urlare, Renee si aggrappò con tutte le sue forze.

La palomino li superò, con gli zoccoli che scalciavano contro l'erba secca. Black guardò Renee negli occhi da sopra la spalla. «Stai bene?»

Lei annuì, con la voce ancora bloccata in gola.

«Le cose potrebbero mettersi male. Qualsiasi cosa

succeda, allontanati più che puoi da Lori, d'accordo?»

Renee osservò la giumenta che raspava il terreno. Lori era orribile in forma umana. Da cavalla, sembrava posseduta. «Che cos'ha che non va?»

Black scosse la testa, danzando di lato mentre la giumenta si avvicinava a loro con il collo minacciosamente inarcato. Renee gli strinse le mani intorno al petto mentre lui angolava la parte superiore del corpo per proteggerla dalla giumenta. Lori scosse la testa, la criniera bianca che si agitava selvaggiamente. Poi si lanciò all'attacco, con quell'orribile suono che le usciva stridulo dalla gola.

Black afferrò di nuovo le cosce di Renee e si impennò, colpendo Lori con gli anteriori.

Aggrappandosi a lui con tutte le sue forze, Renee premette la guancia contro la sua scapola, con il cuore che batteva più veloce del suo respiro. Con ogni briciolo di forza, strinse le ginocchia per rimanere in sella. I muscoli di Black si contraevano e flettevano tra le sue gambe, e lei si sentì scivolare via nonostante la presa aggiuntiva di lui sulle sue cosce.

La giumenta indietreggiò, e Black ricadde su tutti e

quattro gli zoccoli con un tonfo secco. Renee si agitò per ritrovare l'assetto.

Poi la giumenta si girò, veloce come un ninja, sferrando un calcio con le zampe posteriori.

Black schivò a destra.

Zoccoli letali tagliarono l'aria dove si trovava la coscia di Renee.

Con la rapidità di un fulmine, Lori scattò di nuovo in avanti, costringendo Black a un balzo all'indietro. Renee vacillò pericolosamente. Black gettò una mano all'indietro per stabilizzarla, e Lori approfittò della distrazione, scattando di nuovo.

Questa volta, i denti si piantarono nella gamba di Renee, appena sopra il ginocchio. Renee gridò per il dolore, il muscolo schiacciato contro l'osso. Un attimo dopo, la sua presa si staccò dal petto di Black e lei si ritrovò a volare in aria. Atterrò duramente a terra, con la spalla sinistra che assorbì la maggior parte dell'impatto.

Con l'aria carica di polvere che le bruciava i polmoni, rotolò sulle ginocchia. Il terreno tremava per gli zoccoli martellanti mentre Lori e Black continuavano la loro battaglia. Black si teneva tra Renee e la giumenta, ma Lori era feroce, mordeva e scalciava finché il sangue non striò il petto nudo e le braccia di Black.

Un altro calcio rotante colpì la guancia di Black. Lui barcollò, gli zoccoli che inciampavano in modo irregolare sul terreno. Lori si allontanò e una terribile consapevolezza colpì Renee. Questa non era una lotta tra membri della mandria. Non riguardava Lori e Black. *Mi sta proteggendo.*

Renee saltellò di lato, cercando di allontanarsi. Il ginocchio morso le pulsava. Il braccio sinistro le formicolava per la caduta. Non poteva scappare, ma poteva reagire. Cercando a terra, individuò un sasso grande quanto una palla da softball. Lo scagliò contro la giumenta che avanzava con tutta la forza che aveva.

La palomina si scostò, scalciando con le posteriori come per colpire la pietra a mezz'aria. Con un unico movimento fluido, si voltò di nuovo verso Renee, il bianco degli occhi che luccicava. Entrambi gli anteriori rasparono l'aria.

Black si gettò sulla traiettoria di Lori. «Corri, Renee!»

Renee indietreggiò zoppicando di un altro passo mentre la giumenta digrignava i denti. Black ricevette il morso con l'avambraccio, spingendo all'indietro la mole della palomina. I suoi anteriori squarciarono il petto della palomina, tracciando solchi insanguinati sulla pelle chiara.

Renee setacciò il terreno in cerca di un'altra pietra. Non avrebbe mai lasciato Black a combattere da solo contro quella stronza. Il pascolo lì era frustrantemente privo di sassi. A diversi metri alla sua sinistra, era apparso un gruppetto di cavalli. Stavano a guardare con curiosità, le code che scacciavano l'aria polverosa. Erano mutaforma? Perché se ne stavano lì senza fare niente?

Black le gettò le braccia intorno alla gola. I suoi bicipiti si gonfiarono mentre i loro corpi equini lottavano per il predominio. Lori riuscì a sferrare un calcio ben assestato contro la sua zampa posteriore e lui cadde, trascinando con sé la testa di lei. I muscoli del collo della giumenta si tesero mentre cercava di scrollarsi di dosso il peso aggiuntivo.

Un cavallo marrone cioccolato della mandria vicina scosse la testa e nitrì, guardando verso la stradina. Gli altri cavalli nitrirono e guardarono in quella direzione. Un secondo dopo lo sentì anche Renee: il rombo di un motore in avvicinamento. *Oh, Dio, l'agente immobiliare.* Non aveva mai annullato l'appuntamento.

Una piccola berlina bianca apparve da dietro la collina, muovendosi lentamente verso la casa. Scomparve in un punto basso della strada, ma in pochi secondi sarebbe riapparsa, in piena vista della lotta.

«Black!» gridò Renee. «Sta arrivando una macchina!»

Aveva atterrato Lori e le teneva gli avambracci sul collo, inginocchiato su di lei, con le mani sulla sua testa. Non poteva sentirla.

Doveva fermare quella macchina. Barcollando verso il recinto, si infilò tra le sbarre. Forse poteva fermare l'agente immobiliare prima che vedesse qualcosa. Bloccargli la vista. Distrarlo. Qualsiasi cosa. Dopo pochi passi, il ginocchio ferito le cedette. Atterrò con entrambi i palmi sulla ghiaia, mentre un fuoco le trafiggeva i polsi. Rifiutandosi di fermarsi, si rialzò a fatica e zoppicò lungo il vialetto di ghiaia.

L'auto si fermò slittando in mezzo a nuvole di polvere. Attraverso il parabrezza, Renee vide la bocca del giovane formare un cerchio perfetto, lo sguardo concentrato oltre lei, su Black e Lori. *Merda, merda, merda!* Raggiunse la portiera dell'auto e l'agente immobiliare abbassò il finestrino di una fessura. La sua voce tremava. «Va tutto bene?»

Lanciando un'occhiata verso la lotta, Renee fu sorpresa di vedere sei o otto persone nude in cerchio attorno a Black. Lui, in forma umana, era inginocchiato sul collo della giumenta. «Ehm», disse, incerta su come rispondere. Come un'illuminazione, le tornarono in mente le accuse di suo padre su rituali oscuri e voodoo. Sorrise e si chinò verso il finestrino. «È una cerimonia spirituale. Religiosa. Va tutto bene.»

«Oh.» L'agente immobiliare si schiarì la gola, lo sguardo che scivolava sulle mani sanguinanti di Renee. «Che ne dice se ripasso più tardi?»

Renee scosse la testa, chiudendo le dita sulle ferite brucianti. «Ho cambiato idea sulla vendita della proprietà. Mi dispiace che abbia guidato fin qui.»

L'uomo annuì, già inserendo la retromarcia. «Nessun problema. Davvero. Io... lei... buona giornata.»

Lei si alzò, permettendo all'uomo di sfuggire alla scena innaturalmente immobile all'esterno. Lui accelerò a tavoletta per tutto il vialetto. Quando l'auto fu scomparsa dietro la collina, tornò a rivolgere la sua attenzione alla mandria di persone riunite attorno a Black. Quello era il suo ranch, e ne aveva abbastanza di farsi mettere i piedi in testa.

Black boccheggiò, inginocchiato con tutto il suo peso sulla carotide di Lori. La voce di Renee gli arrivava solo attraverso una fitta nebbia. La sua completa attenzione era rivolta alla cavalla che si contorceva. Era riuscito a tornare in forma umana in tempo per non essere visto, ma senza il suo peso da centauro a tenerla a terra, Lori avrebbe ripreso il controllo da un momento all'altro. E infatti, rotolò su un fianco, costringendolo ad allontanarsi precipitosamente per non essere schiacciato dal suo peso.

Il rombo del motore dell'auto in allontanamento non aveva ancora raggiunto la strada quando Lori si rimise in piedi, con gli occhi che roteavano per la furia. S'impennò subito, gli anteriori affilati come rasoi che fendevano l'aria. Sebbene Renee si trovasse dall'altro lato della staccionata, Lori avrebbe potuto superarla in pochi passi.

Al diavolo, pensò Black. Non gli importava più se lo avessero visto. Non gli importava più se la mandria lo avesse visto trasformarsi. La sua compagna di vita era in pericolo. Ancora in forma umana, caricò, stringendo la magia mutaforma in una palla dentro di sé, per poi lasciarla deflagrare all'esterno in un'esplosione di trasformazione.

Raggiunse la staccionata in forma di centauro quasi nello stesso istante di Lori, e il suo peso la travolse, facendole perdere l'equilibrio. Gli anteriori superarono la traversa, ma i posteriori la colpirono violentemente, staccando l'asse di legno. Lei e la traversa capitombolarono sulla ghiaia, sollevando una soffocante nuvola di polvere.

Renee si era ritirata dall'altro lato del sentiero e ora stava con la schiena premuta contro la staccionata su quel lato.

Black superò la staccionata danneggiata, sfrecciando oltre Lori e fermandosi bruscamente tra la sua compagna e la giumenta.

Lori si contorceva sulla ghiaia, e i suoi nitriti acuti gli fecero accapponare la pelle. Un osso bianco e scintillante spuntava come una lancia dal posteriore destro. L'istinto da veterinario di Black si fece sentire, ma lui resistette all'impulso di aiutarla. Se era questo il prezzo da pagare per fermare Lori, allora così sia. Una frattura così grave l'avrebbe probabilmente resa storpia a vita, visto che perni e supporti metallici usati per riparare gli arti rotti non erano compatibili con la fisiologia dei mutaforma.

Il resto della mandria, ancora in forma umana, passò sotto la staccionata e si avvicinò, con gli sguardi che saettavano tra Black e la loro giumenta dominante.

Tutto ciò a cui Black riusciva a pensare era portare Renee via di lì, in salvo, anche se ciò significava sfoggiare la sua forma di centauro fino in città. Si inginocchiò sulla ghiaia accanto a Renee. «Riesci a cavalcare?»

Lei incrociò le braccia. «Potrei, ma non lo farò. Questo è il mio ranch, e non mi lascerò cacciare via.» Posando una mano sul suo garrese, lo spinse di lato e si fece avanti per affrontare i mutaforma che si avvicinavano. «In qualità di nuova proprietaria di questo ranch, convoco una riunione della mandria.»

Black la guardò sbalordito, un sorriso orgoglioso che gli incurvava gli angoli delle labbra. I mutaforma rallentarono, fermandosi in fila sul lato opposto rispetto alla loro giumenta dominante. Le grida di Lori cessarono, e il suo corpo dorato scintillò e si rimpicciolì, gli zoccoli divennero piedi e mani, la criniera si trasformò in capelli biondi scompigliati. L'osso spuntava ancora dal suo stinco insanguinato, e il suo volto era una smorfia di dolore. A denti stretti, urlò: «Quest'umana non può convocare una riunione della mandria.»

Arrivarono altri mutaforma, ancora in forma di cavallo. Quelli in forma umana mormoravano tra loro mentre i nuovi arrivati si trasformavano. Era un buon segno. Per una volta non stavano obbedendo a Lori per pura paura e istinto. Black raddrizzò le spalle. Quello che stava per fare era più snervante che mostrare a Renee la sua trasformazione. «Renee è la mia compagna di vita. Esigo la protezione della mandria.»

Le parole «compagna di vita» furono sussurrate tra la folla. Black osservò Renee con la coda dell'occhio, incerto su quale potesse essere la sua reazione a quell'annuncio. Lei lo fissò a bocca aperta, con un'enorme domanda negli occhi. Ma lui non ebbe il tempo di mettersi in ginocchio e chiederle se provava lo stesso.

Lori aveva scoperto i denti, le labbra tremanti. «È un pericolo per la mandria.»

Renee mise le mani sui fianchi, assumendo una postura ampia e sicura. «Non sono io quella che ha iniziato questa lite. E gradirei che qualcuno mi dicesse che diavolo sta succedendo.» Guardò Black. «Perché sta cercando di uccidermi?»

Lui fulminò Lori con lo sguardo mentre rispondeva. «Il tesoro nel testamento di tuo nonno è reale.»

«Pensavo avessi detto che il tesoro erano i cavalli.» Renee fece un cenno verso la folla di mutaforma che li circondava. «E con questo, presumo che intendessi la mandria di mutaforma.»

«Infatti. E penso che anche tuo nonno lo pensasse.» Arricciò il labbro in un'espressione di disgusto verso Lori. «Ma a quanto pare Lori ha trovato dell'oro nel canyon.»

Gli occhi di Renee si spalancarono. «Davvero? Io... non capisco ancora, però. Perché attaccare me?»

Lo sguardo di Black ricadde sui pantaloni macchiati di sangue di Renee, e il suo polso riprese a martellare. Si trasformò in forma umana e si inginocchiò accanto a lei. «Lascia che dia un'occhiata. Stai bene?»

«A meno che non abbia la rabbia o qualcosa del genere, starò bene.» Renee gli scostò la mano. «Dimmi perché mi vuole morta.»

Black si rifiutò di lasciarle la gamba, esaminando la ferita. Lasciò che fosse Lori a provare a difendersi. «Ti va di condividere i tuoi piani con la mandria, Lori?»

La bionda arricciò le labbra in un ringhio ferino. Anche se Lori non poteva assolutamente reggersi in piedi su una gamba rotta e attaccare, alcuni degli spettatori vicini si tirarono indietro di un passo. «Non ci si può fidare di un'umana.»

Millie sporse la testa tra due uomini e sollevò una mano. Non disse nulla, rimase semplicemente lì con la mano alzata. Black socchiuse gli occhi, incerto su quella sua improvvisa audacia. Ma lei non stava guardando Black. Guardava Renee.

«Come ti chiami?» chiese Renee.

«Millie» gracchiò la donna.

«La madre di Ivy-Jane?» chiese Renee, e Black annuì.

Soddisfatto che la ferita di Renee non fosse grave, si alzò e chiese: «Millie, cosa sa di questa storia?»

«Lori ha assassinato Toliman e Gloryanna.» Millie si ritirò di nuovo tra gli uomini come se si aspettasse un colpo.

Un sussulto collettivo percorse il gruppo. Lori la guardò torva, ma non disse nulla.

Il sangue di Black si gelò. *Assassinati?* L'aria era diventata troppo densa per respirare. Aveva sempre sospettato un atto illecito, ma da parte di un membro della sua stessa mandria? La povera nonna probabilmente non si era accorta di nulla. La gola gli si strinse. «Perché?»

Lori ringhiò: «Sono stata io a trovare l'oro. Ho supplicato Toliman di far analizzare il minerale. Lui voleva solo lasciarlo lì mentre noi sgobbavamo per mandare avanti il suo prezioso ranch. Avrei usato i soldi per la mandria. Non ci saremmo mai più preoccupati della nostra sicurezza.»

«E così l'hai ucciso?» La voce di Renee uscì di un'ottava più acuta del solito. «Come pensavi che uccidendolo — uccidendo me — l'oro sarebbe diventato tuo?»

Uno sguardo maligno apparve negli occhi di Lori. «Chiedilo alla tua cosiddetta compagna di vita.» Ghignò verso Black. «Non devi più recitare la parte, Black. Il gatto è uscito dal sacco.»

Black fulminò Lori con lo sguardo, le narici dilatate, il cuore che batteva forte contro le costole. Certo che avrebbe provato a sferrare un ultimo colpo.

«Di che cosa sta parlando?» chiese Renee.

La voce di Lori grondava di un veleno intriso di saccarina. «Black stava per convincerti a sposarlo, Tesoro.»

Il peso di ciò che rischiava di perdere dicendo la verità a Renee lo colpì in pieno. Una compagna di vita era un dono raro, uno che non molti mutaforma trovavano. Ma non poteva mentirle, anche se ciò significava perderla per sempre. Gli occhi di Renee brillavano di dolore, ma lui continuò. «Quando sei arrivata, ho accettato di sposarti in cambio di un rango nella mandria.»

«Non l'avrai mai adesso» lo interruppe Lori. «Lo sai, vero?»

Black la ignorò, i suoi occhi solo per Renee, supplicandola di capire. «Il piano non era farti del male. Solo impedirti di vendere il ranch. E sei così bella che è stato facile corteggiarti. Ma poi mi hai visto. Hai visto il mio... mostro.» Le parole parvero pesanti nella gola di Black, ma continuò. «E mi hai accettato.»

«Non sei un mostro», disse Renee dolcemente.

Lui strinse i denti, rifiutandosi di distogliere lo sguardo da quello fiducioso di Renee. *Un mostro come te non merita una compagna di vita.* «Sono un mostro. Ho accettato il piano iniziale di Lori per rubare la tua eredità. Credo che lei avesse pianificato di ucciderti fin dall'inizio, ma mi sono rifiutato di vederlo.»

«Ma mi hai difesa.» Renee scosse la testa. «E non siamo sposati. In che modo uccidermi ora renderebbe il ranch suo?»

«Stava per falsificare i documenti del matrimonio e reclamare il ranch in successione. Quando l'ho scoperto, mi sono rifiutato.» Quel piano dava ancora la nausea a Black. Non menzionò che Saul aveva preso in considerazione l'accordo. Dopotutto, suo zio si era scagliato contro Lori, dando a Black il tempo di afferrare Renee e provare a fuggire. Black ancora non sapeva cosa avesse fatto cambiare idea a suo zio, ma gliene sarebbe stato per sempre grato.

Lori arricciò le labbra. «Sono l'unica abbastanza forte da fare ciò che è meglio per la mandria.»

La bocca di Renee divenne una linea sottile e pallida e, nonostante la sua bassa statura, sembrò alta tre metri. «Meglio per la mandria? Non hai idea di cosa significhi davvero.» Guardò Black, con gli occhi che ardevano di un fuoco oscuro, poi si girò per rivolgersi alla folla. «Non conosco la maggior parte di voi, ma supporrò che siate brave persone. La gente di Black. Questa donna ha assassinato mio nonno e la nonna di Black, il vostro precedente capo. Qual è la punizione della mandria per un assassino?»

Con grande sorpresa di Black, i mutaforma chinarono la testa in segno di rispetto. Doveva ammettere che la forza autoritaria che emanava da Renee in quel momento rivaleggiò con quella di sua nonna. *Nonna.* Lori l'aveva uccisa. Le sue vene sembravano pigre, piene di ghiaccio, mentre riviveva la perdita.

Uno degli scapoli prese la parola. «L'esilio è la consuetudine.»

«L'esilio?» Renee si raddrizzò ancora di più e incrociò le braccia. «Così potrà trovare un'altra mandria da terrorizzare? Non credo proprio.»

Black voleva impiccare Lori all'albero più vicino, ma quella punizione sarebbe stata migliore di quanto meritasse. Aveva assassinato due persone. Terrorizzato la mandria. E cercato di uccidere la sua compagna di vita. Voleva una punizione che la facesse soffrire. Lanciò un'occhiata alla sua gamba distrutta e si rese conto che se l'era già inflitta da sola. «I suoi giorni di corsa con una mandria sono finiti.»

Il viso di Lori impallidì fino a diventare bianco come il gesso. Fissò la sua gamba come se solo ora si rendesse conto che la frattura era reale.

«Per via della sua gamba?» chiese Renee. «Non può semplicemente farsi operare?»

«Potrebbe.» Black si inginocchiò accanto a Lori, il suo istinto da veterinario che superava la sua rabbia. Da vicino, la frattura sembrava ancora peggiore. «Ma i bulloni e gli altri supporti usati per ripararla si staccherebbero la prima volta che provasse a trasformarsi. Starebbe peggio di adesso. E senza intervento chirurgico, resterà storpia a vita — in entrambe le forme.» Black tenne lo sguardo fisso su Lori, Cercando di trovare soddisfazione all'idea che sarebbe rimasta storpia. Non era abbastanza, ma doveva bastare.

Gli occhi di Renee si riempirono di lacrime, ma i lineamenti duri del suo viso gli dissero che era arrabbiata, non provava empatia. «Non so se sia abbastanza. Ma non riguarda solo me.» Parlò con la stessa nota di autorità di prima, quando aveva chiesto della punizione. Guardò le persone intorno a lei, facendo sì che anche Black le notasse. Scapoli. Anziani. Madri. Adolescenti. La sua mandria. Lei disse: «Anche voi avete perso qualcuno. E sembra che ci sia ancora una scelta da fare. Verrà operata o no? Come vota la mandria?»

«Aspettate!» supplicò Lori rivolgendosi ai mutaforma che osservavano. «Il mio piano potrebbe ancora funzionare. Non c'è nessuno qui tranne noi. Dite solo una parola...»

Uno scapolo passò davanti a Lori senza degnarla di uno sguardo e posò una mano gentile sulla spalla di Renee. Poi si voltò per affrontare i mutaforma che osservavano. Un anziano dai capelli grigi si avvicinò e prese la mano di Renee. Lentamente, l'intera mandria si mosse per circondare Renee e Black con il tipo di accettazione che solo una mandria poteva dare.

L'orgoglio sbocciò nel petto di Black. Stavano affermando la sua compagna di vita. Nemmeno il vecchio Toliman aveva ricevuto quel tipo di accettazione. Era stato rispettato e la mandria lo amava, ma era sempre stato un estraneo. Un benefattore, non un pari. Renee era appena diventata entrambe le cose.

Una donna anziana alzò la voce. «Non merita una forma equina. Io dico intervento chirurgico.»

«Portatela all'ospedale umano.»

«Mettetele dei perni.»

«Non potete!» urlò Lori mentre due scapoli si facevano avanti, afferrandola per le braccia. «Non opereranno senza il mio consenso!»

Uno degli uomini scosse la testa. «Non se arrivi priva di sensi.»

Il suo viso si contrasse in rughe orribili. «Sono la vostra giumenta dominante! Vi stavo solo proteggendo!»

Gli uomini trascinarono via dal pascolo una Lori urlante. Se ne sarebbero occupati loro da quel momento, e Black fu sollevato di essere libero da quel compito. La maggior parte dei mutaforma li seguì in forma umana. Altri scintillarono in forma di cavallo e si diressero verso il pascolo.

Black aveva occhi solo per Renee. Si passò una mano tra i capelli, sentendo la mancanza del peso confortevole del suo cappello da cowboy. «Come sta la tua gamba? Posso portarti a casa in groppa, se non ti dispiace cavalcare a pelo.»

Lei lo guardò attraverso le ciglia. «Mmm. Cavalcare un cowboy a pelo. Mi piace.»

Lui ridacchiò, felice di rivedere la sua piccola puledra civettuola. Inginocchiandosi accanto a lei, la aiutò a tenersi in equilibrio mentre sollevava la gamba ferita sopra i suoi fianchi. Una volta che si fu sistemata, lui si alzò. Il suo calore le si posò sulla spina dorsale e le sue gambe avvolsero la sua groppa con una pressione confortante che non si sarebbe mai aspettato di sentire con un cavaliere. I mutaforma parlavano di quanto fosse umiliante portare un umano, di quanto fosse scomodo e pesante. Ma a lui piaceva piuttosto il modo in cui avvicinava Renee a sé. Lei gli avvolse le braccia intorno al petto e appoggiò la guancia sulla sua spalla con un sospiro, il suo respiro che fluttuava sulla sua pelle nuda.

Passò a un trotto regolare, dirigendosi verso il ranch. Le sue ginocchia si strinsero intorno a lui, ignorando il dolore del morso. «Voglio sentire il vento. Correresti per me?» Il suo sangue vibrò a quelle parole. «Ne sei sicura?»

La sua guancia annuì contro la sua schiena. «Ti amo così.» Contrasse i muscoli posteriori e partì al canter. Renee si aggrappò strettamente a lui, il suo corpo che si muoveva con il suo, fondendosi contro di lui, in un atto intimo quanto il sesso.

Passarono accanto a Lori, che sputò loro oscenità, ma Black continuò ad andare avanti. Renee gridò: «Più veloce!»

«Non lasciarmi!» le gridò di rimando.

«Mai!»

Svoltò a sinistra, costeggiando la staccionata, e accelerò fino al galoppo pieno. Le sue cosce premevano sui suoi fianchi, il suo respiro caldo sulla sua spalla. Non si era mai sentito così libero. Così vivo. Lanciò un grido di gioia, a cui fece eco la risata di lei alle sue spalle. Descrivendo un ampio arco, tornò verso casa al trotto. Se non avesse mai avuto nient'altro in questo mondo, aveva quel momento, quel barlume di appartenenza a qualcuno, e avrebbe nutrito quel sentimento per il resto della sua vita.

Epilogo

Renee fece scorrere le dita sul petto di Black e ne tracciò con le labbra la linea della spalla mentre lui trottava sul pascolo oscuro. I grilli cantavano la loro serenata notturna tra le rocce dove avevano fatto l'amore per la prima volta. Lei si deliziò del suo dolce profumo di fieno e di questa terra.

La sua terra. Il suo ranch. L'idea era ancora così nuova che a volte si svegliava pensando di aver sognato tutto. Era lì da più di una settimana, a supervisionare ogni cosa, dalla pulizia quotidiana delle stalle a una riunione segreta di mutaforma sotto la luna di mezzanotte. Molte delle idee sbagliate di suo padre su suo nonno ora cominciavano ad avere un senso. Forse avrebbe dovuto contattarlo, ora che si stava sistemando...

Black allungò una mano all'indietro e le sfiorò la gamba. «Tutto bene?»

In qualche modo, da un po' sapeva cosa lei stesse pensando e provando quasi nello stesso istante in cui lo capiva lei. Non comprendeva come potesse conoscerla così bene in così poco tempo, ma sapeva di essere felice lì con lui. Completa.

«Sto bene», disse lei, strofinando la guancia contro la sua schiena. Qualunque cosa le stesse accadendo dentro, non aveva ancora capito come parlarne.

Lui sembrava sapere anche quello e continuò ad avanzare, con gli zoccoli che battevano sommessamente sulla terra, costanti come un battito cardiaco. Renee si rese conto che ciò che le frullava in testa non aveva nulla a che fare con suo padre, sua madre o persino suo nonno. Ciò di cui doveva parlare era proprio lì, nel ranch. Proprio lì, tra le sue braccia. *Compagno per la vita.* Non ne avevano più parlato da quando lui lo aveva detto per la prima volta alla mandria. Come se sapesse che la cosa la spaventava più di qualsiasi brivido avesse mai cercato con Steph.

Ma ora era pronta a fare il grande passo.

Facendo un respiro profondo, strinse le braccia attorno al torace di Black. «Vuoi sposarmi? Per davvero?»

Un'altra frase sdolcinata, si rese conto — troppo tardi per rimangiarsela.

Black si fermò e allungò il collo per guardarla, con le labbra piegate in un sorriso sbieco. «Non mi stai solo prendendo in giro, vero?»

Lei sorrise maliziosamente. La capiva davvero. «Non sono mai stata brava con le frasi d'abbordaggio, quindi ho pensato di andare dritta al sodo. E poi, mi hai chiamata la tua compagna per la vita, giusto?»

Il suo viso si fece serio. Con un unico, abile movimento, la sollevò dalla sua schiena e la depose dolcemente a terra prima di tornare, con un luccichio, alla forma umana. «Tu sei la mia compagna per la vita, Renee. Ti amo. Non ho nulla da offrirti se non me stesso e la promessa di adorazione e protezione eterne. Ma se sarai la mia sposa, mi dono a te liberamente e completamente, finché la morte non mi ruberà l'ultimo respiro.»

Renee si avvicinò di un passo. «Non so come tu abbia fatto, ma mi hai cambiata.» Deglutì. «Ti amo, Black.»

Lui la guardò negli occhi. «Anche tu mi hai cambiato.»

Facendole scivolare una mano attorno al collo, le prese la testa e la attirò in un bacio. Lei gli intrecciò le mani attorno alla vita e premette il proprio cuore contro il suo. Aveva finalmente trovato l'unico brivido per cui era disposta a morire. E l'unico che voleva ripetere ogni giorno per il resto della sua vita.

Cara lettrice,

spero che il tuo viaggio nel Montana insieme a Renee ti sia piaciuto! Con i mutaforma non si sa mai... potresti incontrarne uno proprio dietro l'angolo.

Sei pronta per un altro eroe fantasy capace di rubarti il cuore? Allora amerai l'intrigo magico e la passione proibita de *Il desiderio del jinn*.

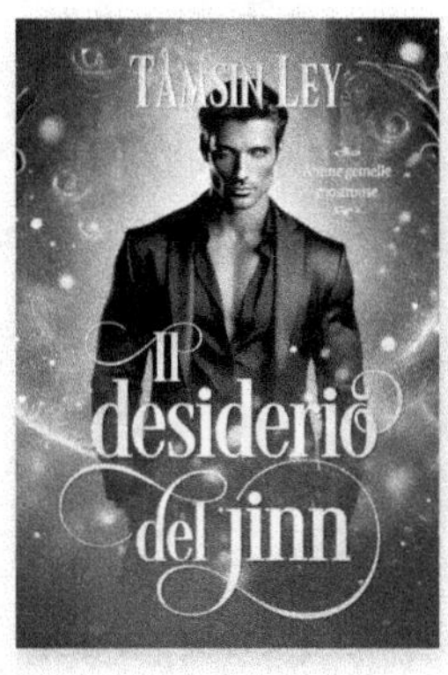

Un desiderio. Due destini. Una passione che potrebbe distruggerli entrambi.

Tocca la copertina per acquistarlo subito, oppure continua a leggere per un'anteprima irresistibile!

XOXO, Tamsin

Estratto da "Il desiderio del jinn"

Tanika Skye armeggiò con la serratura della saracinesca a fisarmonica che proteggeva il salone e le assestò un calcio secco prima che i catenacci scattassero. Usando tutto il suo peso, la spinse di lato. Sulla porta di cristallo incrinata, il logo del Seance Salon era stato dipinto a mano in lettere rosa acceso attorno al disegno di una sfera di cristallo dorata con un pettine e un paio di forbici. Il resto del vetro, sia della porta che della grande vetrina, era stato dipinto di nero per nascondere l'interno a sguardi indiscreti.

Raccolse la cesta di asciugamani ed entrò nel negozio in penombra, facendo tintinnare un campanello sopra lo stipite della porta. Le luci al neon si accesero tremolando con un fastidioso ronzio elettrico, rivelando due poltrone da parrucchiere malandate con i rispettivi specchi a muro, un paio di sedie pieghevoli accanto a un portariviste per i clienti in attesa — che peraltro non aveva mai — e una piccola area sul retro, circondata da una tenda di velluto lisa, dove faceva i consulti psichici. L'odore stucchevole della soluzione per la permanente impregnava l'aria, attirando lo sguardo di Tanika verso il lavatesta; Birdie, ancora una volta, si era dimenticata di lavare i bigodini della sua ultima cliente.

O le avevano staccato l'acqua. Entrambe le cose erano possibili.

Per quanto Tanika amasse quel posto, a volte si chiedeva cosa stesse dimostrando esattamente nel tenerlo aperto. Lasciando cadere la cesta di asciugamani puliti sulla poltrona della postazione di Birdie, andò al lavandino e aprì il rubinetto dell'acqua calda. Con suo sollievo, ne uscì un getto d'acqua vigoroso. Controllò l'orologio da parete a forma di gatto nero che Birdie aveva comprato per capriccio, dicendo che ci stava bene un tocco di decorazione da strega nel salone. Le sette e cinquanta del mattino. Se si fosse sbrigata, avrebbe potuto pulire i bigodini prima del suo primo consulto della mattina e fare arieggiare per togliere la puzza. I prodotti chimici non si sposavano bene con le candele profumate che usava durante le letture.

Il lieve tintinnio del campanello del negozio attirò la sua attenzione e si voltò, sperando in un cliente di passaggio. Non c'era nessuno. Strinse le labbra e tornò a lavare i bigodini. A volte, se ignorava le sue bravate, lui se ne andava. L'acqua che scorreva cominciò a scoppiettare e divenne gelida. *Maledizione*. Rabbrividendo, continuò a lavare.

Poi le luci si spensero.

Con un sospiro, si appoggiò all'indietro e fissò la parete buia di fronte a sé. «Fottuto poltergeist.»

In risposta, le luci si riaccesero tremolando. La vicina tenda di velluto ondeggiò e un uomo scarno, a torso nudo, la attraversò. Non ci girò attorno. La attraversò. La sua voce suonava smagrita quanto il suo corpo. «Ti ho detto di non chiamarmi così.»

Lei versò i bigodini in un colino e si voltò per affrontarlo. «Allora smettila di comportarti come tale.»

Lui inclinò la testa e le rughe profonde sul suo viso tentarono un sorriso piacevole. «Sai come liberarti di me.»

«No. Continuo a ripetertelo. Tu morirai con me.» Glielo diceva da così tanti anni che le parole non le davano più nemmeno una fitta di rimpianto.

Il suo volto si trasformò in un ringhio e la magia viola da jinn scintillò nei suoi occhi. «Che te ne importa di quello che mi succede? Il tuo desiderio è già stato pagato. Abbraccialo e vivi la tua piccola e felice esistenza mortale finché ne hai il tempo.»

Lo stomaco di Tanika si contorse, proprio come accadeva durante ognuna di quelle interazioni negli ultimi quattordici anni. In verità, voleva fare esattamente quello che lui suggeriva. Crearsi un focolare stabile e una famiglia da amare. Il sogno di una bambina. Un sogno a cui avrebbe rinunciato per sempre, se ciò avesse significato che il demone — lui si definiva un jinn, ma per lei sarebbe sempre stato un demone — che viveva nel medaglione di sua madre non avrebbe mai più potuto terrorizzare nessuno. Si allontanò da lui, tenendosi occupata a riempire le boccette di shampoo. Di solito se ne andava se lo ignorava abbastanza a lungo.

Le scivolò davanti, fermandosi proprio di fronte a lei, con la parte inferiore del corpo amorfa tagliata a metà dal bordo del lavandino. «Che ne dici se te lo cambio con un nuovo desiderio?»

Lei scosse la testa, rifiutandosi di guardarlo.

Lui si avvicinò ulteriormente e la squadrò con un sogghigno. «Perderà il salone.»

Il suo stomaco sottosopra le si serrò in un nodo, odiando il fatto che lui avesse ragione. Ogni volta che cercava di stabilirsi in un posto e costruirsi una vita, qualcosa andava storto, ed era certa che il suo demone ci mettesse lo zampino, per quanto lui lo negasse. Lei si ambientava, si faceva qualche amico, poi, in qualche modo, tutto le veniva strappato via. Se non voleva abbracciare l'esaudimento del suo desiderio, lui le avrebbe tolto qualsiasi cosa potesse assomigliargli.

Più di recente, il suo padrone di casa le aveva aumentato l'affitto del suo contratto scadente, sperando di cacciarla per demolire il vecchio edificio e far posto a un nuovo hotel. Lei e una manciata di altri inquilini stavano opponendo una strenua resistenza, ma non era una battaglia che probabilmente avrebbe vinto. E trovare un altro posto in città con un affitto che potesse permettersi sarebbe stato quasi impossibile.

Il campanello tintinnò, questa volta per davvero, e l'apparizione del suo demone svanì. «Arrivo subito!» gridò Tanika, asciugandosi le mani sull'asciugamano più vicino.

Invece del suo primo cliente, alla porta c'era il signor Daniels, con il grembiule bianco macchiato di quella che sembrava cioccolata. «Le ho portato un éclair, Tanika. Prima che finiscano.»

«Oh, signor Daniels, non doveva.» I suoi fianchi erano già abbastanza formosi senza che lui la nutrisse di continuo. Non che avrebbe detto di no a un éclair al cioccolato.

«Non è niente.» L'anziano dai capelli bianchi le prese la mano e vi posò la delizia ripiena di crema. «Sono ancora in debito con Lei per aver purificato il mio locale da quello spirito fastidioso.»

Il calore salì per la gola di Tanika. Lo spirito fastidioso era stato il suo demone e, una volta capito che stava creando problemi dopo l'orario di chiusura, aveva spostato il medaglione di sua madre fuori sede, in una cassetta di sicurezza. Ora il jinn poteva materializzarsi solo attraverso la connessione del suo desiderio inutilizzato, il che limitava il suo potere alla sua immediata vicinanza fisica. «Non mi deve nulla, signor Daniels.»

«Parlo di Lei a tutti i miei clienti.» Si guardò intorno, osservando l'interno malandato. «Non so perché lei e Birdie non riusciate ad avere più clienti.»

Lei si strinse nelle spalle. «Non sono in molti a credere nella magia. Perché crede che mi sia messa a tagliare i capelli?»

«Non legge i bernoccoli sulla testa della gente?»

Frenologia? Accidenti. Perché non ci aveva pensato lei? Avrebbe dovuto aggiungerlo alla sua lista di servizi. «Ehm, sì. Sì, lo faccio.»

Lui diede un'occhiata all'orologio a muro. «Sarà meglio che torni al bar, mia cara. Buona giornata.»

Anche se erano appena passate le otto del mattino, Tanika si lasciò cadere sulla sua poltrona da parrucchiera e diede un grosso morso all'éclair. Non sapendo cosa le avrebbe riservato il futuro, decise di godersi ogni momento di ciò che aveva in quel preciso istante.

.   .   .

Continua a leggere **La desiderio del jinn** ora.

L'autrice

C'era una volta, pensavo di voler diventare un'ingegnera biomedica, ma fare esperimenti sui topi di laboratorio non porta sempre a un lieto fine. Ora fondo la mia infatuazione da nerd per la scienza con romance incentrati sui personaggi e lieti fini garantiti. I miei mostri trovano sempre la loro compagna, tra eroine grintose, eroi tormentati e tutti i guai piccanti che riescono a gestire. Ti prometto che le mie storie non ti lasceranno mai in sospeso (anche se potresti desiderarne ancora!)

Quando non scrivo, mi troverai in giardino o in cucina, a esplorare l'Alaska con mio marito o a prepararmi per l'apocalisse zombi. Mi piace anche lavorare all'uncinetto mentre faccio binge watching su Netflix, giocare ai videogiochi e godermi il tempo in famiglia durante la nostra sessione settimanale di D&D.

Vuoi saperne di più su di me? Entra nel mio VIP Club e ricevi libri gratuiti, aggiornamenti e altro materiale fantastico!

>>> news.tamsinley.com/ERHXVo

www.ingramcontent.com/pod-product-compliance
Lightning Source LLC
Chambersburg PA
CBHW060414310726
48976CB00003B/1045